24 HOURS IN ANCIENT ROMA

A DAY IN THE LIFE OF THE PEOPLE WHO LIVED THERE

古罗马二十四小时

［英］菲利普·马蒂塞克（Philip Matyszak）著

苏前辉 译

北京联合出版公司 · 后浪
Beijing United Publishing Co.,Ltd.

图书在版编目（CIP）数据

古罗马二十四小时 /（英）菲利普·马蒂塞克著；苏前辉译. -- 北京：北京联合出版公司，2022.4（2022.10重印）

ISBN 978-7-5596-3804-5

Ⅰ. ①古… Ⅱ. ①菲… ②苏… Ⅲ. ①故事 - 作品集 - 英国 - 现代 Ⅳ. ①I561.45

中国版本图书馆CIP数据核字（2019）第257874号

古罗马二十四小时

作　　者：［英］菲利普·马蒂塞克（Philip Matyszak）
译　　者：苏前辉
出 品 人：赵红仕　　出版监制：刘　凯　赵鑫玮
选题策划：联合低音　　责任编辑：夏应鹏
封面设计：何　睦　　内文排版：书情文化

关注联合低音

北京联合出版公司出版（北京市西城区德外大街83号楼9层　100088）
北京市联合天畅文化传播公司发行
北京美图印务有限公司印刷　新华书店经销
字数 157千字　880毫米 × 1230毫米　1/32　8.75印张
2022年4月第1版　2022年10月第2次印刷
ISBN 978-7-5596-3804-5
定价：45.00元

献给出类拔萃的芭芭拉·胡莉女士

目 录

引言

公元 137 年 9 月之初，罗马帝国如日中天。帝国之鹰已飞临美索不达米亚和达契亚（在美索不达米亚则是重返）。从泰晤士河到底格里斯河，罗马强大无比、令人敬畏且受人尊崇。

我们在本书中将邂逅的大多数人对此无动于衷。于他们而言，生活并不在于庆祝帝国荣耀，而在于赚取租金、应对亲属的纠缠，以及家庭和工作的日常挑战。罗马可能是地球上最伟大的城市，但居住在这里的人们仍需要走街串巷、与邻居和睦相处、到市场上找到价格公道的优质食物。

本书将带领我们度过哈德良时期罗马生活中的一天，从 24 个居民截然不同的角度来观察这座城市。我们将从夜间的第六个小时开始——令人困惑的是，罗马人自午夜开启这 24 小时的一天，但夜间的计时却从头一天的日落时分起始。罗马人观察世界的方式与我们今天存在很大差异，这仅为其中一例。

从今天读者的角度看，书中描述的许多人都生活在一个既不公正又极不平等的社会里，过着短暂而肮脏的生活。感染和疾病导致的死亡无所不在。保健和警务很不健全，大多数的社会服务并不存在。然而，罗马人并不这样认为。于他们而言，不公和疾病是普遍性危害，需要隐忍和接受。尽管存在诸多的缺陷和不便，罗马仍然比世界上绝大多数地方都更宜居。罗马和其他地方一样都有自己的短板，但它的优势却无与伦比。

这并不是说，这座城市里的人们会花大量时间闲游浪荡，痴迷于他们的名胜古迹和伟大的市政建筑。他们需要继续生活下去。在这个夏末，我们将简要审视一番的正是他们这里的生活。不过，请注意，我们的主要目的并不是从单个罗马人的生活中发现些什么，而是透过他们的生活获得对罗马更多的认知。因为希腊人和罗马人都相信，纵然没有了城墙、建筑物和道路，这里仍然不失为一座城市。

人，才是这座城市本身。相比之下，后世游客为之所倾倒的建筑物和名胜古迹倒在其次。如果说这些东西也重要的话，仅仅是因为建造和居住于其间的人们身体上所产生的共鸣。基于这个原因，本书将不会提及太多的名胜古迹。我们真正邂逅的建筑物并不是一片贫瘠的废墟，而是鲜活、多层次、富有挑战性的环境中的一部分。

同样，我们今天遇见的这 24 个男男女女也不仅仅是罗马的居民，他们和成千上万与他们相仿的人就是罗马本身。本书并不打算单纯重现这 20 多个罗马人一日里的生活，而意在透过这座城市的 24 个侧面，部分重现这里的生活。

这里重现的人物（很大程度上）是虚构的，他们的生活则不然。站在今天古典历史学家的角度，古代与其说属于“伟人”，倒不如说属于那个支撑他们以及他们功业的社会基础架构。考古学家、社会学家、碑铭研究者以及许多其他学科的研究人员为我们全面了解古罗马普通人的生活和工作做出了贡献。该书利用了所有这些资料，当然也包括其中最珍贵的部分：那些实际生活在那里的人们的逸事、笑话、演讲和信件。

古典学者将会注意到，从小普林尼的书信，到捕捉自妓院墙壁的下流涂鸦，大量当时或接近当时的罗马人的作品都被编入了本书——令人欣喜的是，这些作品的著作权在数个世纪前就已失效。在这里，罗马人可大肆宣扬自己的经历。对于那些在社会上没有话语权的罗马人而言，本书试图为他们代言。通常情况下，原始资料的例子都以摘录的方式呈现，附于正文之后；此外，许多个体的经历被整合起来，用于描述一个人那一天里的一个小时。

这 24 小时的总和超过了各个部分的简单叠加。最后，这本书只有一个主角，那就是罗马城——一个喧嚣、粗鄙、几乎不可治理的蚁丘。它的缺陷太多，有时甚至令人恐惧，但是我们仍然在这座城市里发现了巨大的活力和乐观的精神。

这里活跃着企业家精神和百折不挠的信念，无论情况是好是歹，总能够得到改善。在罗马，奴隶争取自由，自由民谋求财富，富商致力于获取上流社会的接纳。虽然罗马人常常怨声载道，却很少听天由命。他们意气风发，从不消沉沮丧。他们对自己的优势深信不疑；他们强烈地感觉到，既然此刻的自己正居于宇宙的中心，就不可错失良机，要奋力为自己和孩子打拼出更加美好的生活。

古罗马不仅仅是建筑群，甚至也不仅仅是一个由若干不同民族和个人构成的相互联系的社区组成的社会。

首先，古罗马是一种态度。

夜晚的第六个小时

（00：00—01：00）

执勤警受理投诉

佩特洛尼乌斯·布雷维斯有一个孩子——一个女儿，这一事实在他称之为家的小公寓楼里引发了不少粗俗的调侃。

佩特洛尼乌斯·布雷维斯的妻子在罗马广场鱼市的一家鱼贩摊位上打工。她的职责之一，是监管活鱼的转运。这些鱼都是晚间装在水桶里运来罗马的。为了避免运输途中发生腐烂变质，鱼儿都是活体装运。开市时，一旦这些鱼儿从桶中被捞出，它们就会在店铺石台上凿出的浅水池里四处游动。这样一来，罗马人就能够吃上真正的鲜鱼了。事实上，鱼儿往往是在鱼摊上被宰杀后一小时内烹饪上桌的。

在第一批顾客日出时分来到广场之前，就必须将鱼儿从桶里捞出，放进台面上的盆子里，这意味着布雷维斯的妻子必须提前一小时走出家门。出门上班之前，她通常会把早餐做好，搁到厨房的餐台上，等待丈夫回来享用。不过，考虑到他到家的时间，早餐可能就成了晚餐。

布雷维斯通常在妻子出门一小时后到家，接着就是吃饭，洗澡，然后上床睡觉。身为罗马夜警一员的佩特洛尼乌斯·布雷维斯，此时已经执勤了 9 小时之久。由于工作时间错开，有时佩特洛尼乌斯一个星期也见不上妻子一面。这样一来，他的女儿就成了邻居们的笑柄，大家都在猜这孩子到底是如何怀上的。

眼下，离布雷维斯轮班还有好几个小时。他和他的小队承担着双重职能：虽然天黑后夜警要负责维持街头治安，但这始终只是他们的附带职能，防火才是他们的主要职责。毕竟，与一场不大不小的火灾带来的祸患相比，一个暴戾的醉鬼，甚至一个杀人越货的歹徒所能造成的危害也就微不足道了。罗马分为七个防火区域，布雷维斯和他的同事们深知，罗马历史上最严重的火灾就发生在他们大队的辖区——二区。

那是在公元 64 年。大火从大竞技场附近蜿蜒的街道上着起来，最终酿成了一场大面积的火灾，直到 6 天后才得到控制。大火焚毁了罗马四分之一以上的区域。

大火

公元 64 年，一个炎热、微风习习的夏夜，位于大竞技场街边的一家店铺发生了火灾。正如历史学家塔西佗后来叙述的那样："那里没有被界墙围起来的房屋，没有被石垣围起来的神殿，又没有任何其他障碍物可以阻挡火势的蔓延。"[1]

少年时期曾亲身经历过这场火灾的塔西佗根据自己的经历描述道："到处是惊慌呼叫的妇女；到处是逃难的老幼；有的人只管自己安全，有的人也照顾别人，他们拖着病弱的人或是停下来等待他们。这些人不论是走得慢还是走得快，都只会使乱上加乱。当他们向回看的时候，往往火焰就从两侧或从前面扑了过来；或者，如果他们逃到郊区去，邻区那里也被火焰包围了，甚至那些他们认为是远离危险地带的市区也同样都遭到了火灾。"[2]

许多人认为，这么大的一场火沿途一定受到了助力，甚至有人怀疑尼禄皇帝决定采取火焚这种极端的方式来完成城市清理，之后再按他自己的规划重建罗马。

粗制滥造的街头摊位、仓库棚和许多建筑物的上部楼层

1《塔西佗〈编年史〉》，王以铸、崔妙因译，商务印书馆，1981年第1版，第536页。——译者注

2《塔西佗〈编年史〉》，王以铸、崔妙因译，商务印书馆，1981年第1版，第536页。——译者注

罗马消防车模型。借助摇杆操纵气泵

都是木质的，干燥易燃，拥挤不堪，几乎没有哪一幢房屋不与另外一幢摩肩接踵。只要有一块煤炭从一团烧得旺盛的大火中溅出，或者一盏无人照管的油灯被一只觅食的老鼠撞倒，几分钟之内，一道火墙就可能在布雷维斯和他的小队巡逻的街道上蔓延开来。

难怪执勤警有权闯入任何他们怀疑大火可能失控的场所。执勤警除了拥有对粗心大意的商店或户主处以罚款的法定权力外，还可以施行一些基本的身体上的惩罚。考虑到火灾给邻里带来的巨大危险，“点火器”这个绰号就成了罗马人之间相互抛出的最刻毒的侮辱，任何受到夜警关注的人都不太可能受人同情。

一旦发现火情，警队便立刻启动早已制定好的灭火预案。他们必须在很短的时间内，确保附近建筑物中的人员安全撤离，并在附近的居民区组织起一条水桶链。所有人家都必须为此储存一定量的水，而且布雷维斯和他的队友们能够准确地告诉你，一条水桶链从巡逻路线上的任何一个点到达最近的喷泉需要多长时间。警队里一个倒霉的初级警员被称作"毯子哥"，专门负责搬运那些用醋浸泡过的毯子，在火势蔓延开来之前用于捂熄小火。如果需要增援，就会出动大队的消防车。消防车并不是什么新发明，夜警用的机器的原型在几个世纪前就被埃及人用来灭火了。发明者（名字很贴切，Hero，英雄）是希腊人，当时在亚历山大图书馆供职。他首先发现了气泵原理——以压力将水压过消防水管。

每一支夜警大队都配备了专业人员。当然，也配备了医生来照料那些遭劫匪殴打的人，以及有时在与一大群暴徒激烈交锋中失利受伤的警员。还有一些人因火灾或从着火的建筑物上往下跳时受了伤（尽管夜警为缓和这种坠落配备了一个"垫子哥"小组）。

如果消防车出现故障，执勤警就会调来重炮，没错，就是重炮。经过几个世纪的战事和围攻，罗马人已经非常擅长摧毁城墙，而用于此目的的弩炮和其他火炮在用于攻击标准化（也是摇摇欲坠的）罗马公寓楼时更具毁灭性。因此，如果发生了重大火灾，主管执勤警的长官就会迅速决断防火带的位置。随后，炮兵们迅速发炮撕开一道口子，形成防火隔离带。一栋四层楼的建筑物一旦被专家相中，很快就将沦为一片废墟。

一旦建筑物倒塌，布雷维斯和同事的任务就是手执长柄吊钩，跳进随时生变的废墟里，拽出任何易燃物品。他们必须动作神速，因为身后有火焰快速袭来。工作的触目惊心显而易见，这在很大程度上说明了为什么布雷维斯和他的队员在训诫那些粗心的纵火者时要使用那么严厉的言辞（毋庸置疑，那些被拆了公寓的前业主们很少介意这位长官对防火隔离带位置的划定）。

火灾贱卖

在公元 1 世纪初奥古斯都皇帝组建夜警队伍之前，罗马仅有的消防队都是私人所有的，地产大亨李锡尼·克拉苏就拥有一支。一旦房屋着火，这位急公好义的人物就会身临火灾现场，消防队员们严阵以待，随时准备灭火——一旦房屋卖给他的话。前房主犹豫不决或者试图讨价还价的时间越长，房产就烧得越不值钱。

“他会买下那些着火的房屋，以及与那些着火的房屋毗邻的房屋。这些房屋的主人会因恐惧和惶惑而以极低的价格贱卖。这样一来，他（克拉苏）就拥有了罗马很大一块地盘。”

普鲁塔克《克拉苏生平》2

然而，眼下这个夜晚十分宁静，微风中没有一缕烟雾。布雷维斯和他的警队正要离开帕特里克斯大道。这是罗马夜间最繁华的街道之一，因为这里有许多首都顶级的妓院。天一擦黑，夜警就不得不回到他们通常的巡逻线路上，随一群吵吵嚷嚷的年轻男性贵族而行。这帮家伙被一家妓院轰出来之后，将他们的派对带到了街面上。碰上这样的情况，布雷维斯就会感到特别遗憾，因为他的手下只配备警棍而没有刀剑，只有城市军团才能在发生重大骚乱时动用刀剑快捷而高效地清场。

现在午夜刚过，即使是妓女也决定收工了。在街道边上，只有几盏灯在窗户后面亮着，那里的性工作者都已回到各自的房间。事实上，所有妓院现在都已经闭门谢客。这天晚上，夜警已经是第三次来到这条街上了。

一位罗马地方法官，地位显赫、自视甚高的绅士，在阿文丁山上与朋友共进晚餐之后，试图顺便拜访一下他特别倾心的地方。这位官员很不高兴地发现：首先，妓院关门了；其次，平日侍奉他的女孩无意在这么晚的时候侍奉他。于是官员以酒撒疯，一怒之下，试图拳打脚踢把门踹开。这使得其中一个女孩爬到楼上的阳台，抬起一只种着牵牛花的花盆，朝那个大呼小叫的人头上砸去。

令人遗憾的是，她这一下砸得很准，官员痛苦而愤怒的号叫引起了执勤警注意。

“我是堂堂市政官霍斯提里乌斯·曼西努斯，”伤者告诉布雷维斯及其手下，“我在街上遭到了袭击。”这位行政官要求夜警闯进楼去，把袭击者逮捕。布雷维斯酸溜溜地瞅了瞅，发现官员头上此刻依然戴着从聚会上带来的花环，这一定大大缓解了花盆的击打，但他还是不得不敲击妓院的门，被吓坏了的莱诺（鸨母）开门让他进来。罪魁祸首原来是一个名叫玛米拉的女孩。在布雷维斯向她询问细节的时候，她只顾坐在自己房间的床上哭泣。毫无疑问，她将不得不出庭为自己辩护，但布雷维斯私下里断定，在这种情况下，她不会受到任何处罚。

这并不是说夜警对这位市政官没有同情心。从阳台落下或抛出的东西对于下面街道上的行人来说是持续存在的危险。这种危险在深夜尤为严重，因为那些抛物的人往往以为下面的街道上空无一人。有的住户懒得等到早上再去厕所倒夜壶，而是直接把里面的东西从窗子泼出去，全然不顾从下面路过的执勤警，因此警队里常常有人带着一种特别的芬芳回到营房。

想想夜色中潜藏着的其他危险吧。

屋顶很高，

屋顶掉下来的一块瓦片都会砸破你的脑袋。
想想给路面造成的损害
当有人将破裂或漏水的花瓶扔出
窗外，砸碎在道路上！

你这蠢货是何等的轻率，简直是找死
竟然还遗嘱未立便离家赴宴？
你一路上每栋楼上的窗户
都是一个潜在的死亡陷阱。
衷心祈祷，但愿最糟糕的事
莫过于哪个当地的主妇将
一桶粪水倾倒在你的头上。

尤维纳利斯《讽刺诗》3

执勤警走过大竞技场，然后向南拐，沿着阿文丁山东坡的小街巡逻。白天，这里确实应该保持警惕，因为码头附近的生活粗鄙不堪，到了令人厌恶而又转瞬即逝的地步。然而，夜警可以松上一口气了。因为阿文丁山东边的大多数人都不值一抢，故而附近的暴徒较少，而码头工人午夜过后几小时就得装船，他们往往会在日落时分就上床睡觉。此时的街道狭窄、昏暗而又寂静。

在寂静的街道上行进简直易如反掌，因为所有早高峰时段的喧嚣都集中到了警队右面的一条道路上。那是从奥斯蒂亚门通往广场的石板路。不见尽头的车辆把道路堵得严严实实，牛的嚎叫和车夫的怒吼吵成一片，没加过润滑油的车轴发出的“吱吱”声平添了几分刺耳的噪声。

此时此刻，就在支撑阿庇亚水道渡槽巨型拱门的立柱之间，道路变窄了。这里混乱更甚，喧闹异常。夜警默默地叹了口气，无奈地走下山，去调查使他们的夜晚变得愈加复杂的最新问题。

夜晚的第七个小时

（01：00—02：00）

车夫陷堵

除了富人，谁能在罗马入眠？混乱的根源就在于此。狭窄而蜿蜒的街道上，车辆拥堵不堪；一旦发生交通拥堵，车夫们便会相互谩骂，吵得人们无法入眠。

尤维纳利斯《讽刺诗》3.235

冥界之神即地府的众神，有墨丘利、普鲁托和赫卡忒。一如盖乌斯·维比乌斯每年第 9 个晚上的惯常做法，这天晚上他又在祈求诸神，恳请他们对《自治城法案》作者的灵魂施与酷刑。

《自治城法案》是维比乌斯生存的苦恼源头。此项法律禁止车辆在白天进入城市，旨在防止城市街道发生拥堵。据维比乌斯所见，该法律的唯一效果就是将拥堵延长到深夜，因为他和拉丁姆的其他车夫显然都试图在月光下进入这座城市，然后在日出前再次离开。这是一项压力很大的工作。

身为农民的维比乌斯每9天中需要工作8天。他在罗马东南部的乡间种了7英亩[1]土地，距阿庇亚大道的第10个里程碑不远。这里的生活充满了恬静的气息，尽管需要经常在田间松土除草，为莴苣除虫（蛞蝓）。维比乌斯在日落时分上床睡觉，随黎明前的第一声鸟鸣怡然醒来，这就是他的日常生活。但是，每隔九天，维比乌斯就会变成一个郁郁寡欢的红眼怪兽，爬上家里的牛车，动身前往罗马。

令他苦恼的是市集日[2]。顾名思义，这样的街市在罗马每9天出现一次。虽然罗马的家庭主妇可以随时从每天开放的百货店（每天都营业的室内市场）里买到食品杂货，但是大家都知道，市集日上的产品更便宜，也更新鲜，因为这里的农产品是前一天从农场采摘下来，然后由维比乌斯这样长期忍辱负重的车夫连夜运来罗马的。

这些货物的实际销售皆由维比乌斯居住在罗马的嫂子打理。她在阿文丁山东侧的市场大道边上有一块场地，还有一个固定的客户圈子。这些人非常赏识维比乌斯提供的产品的质量，因为大家知道他运来的都是上乘货色。维比乌斯的妻

---

1 1英亩约折合4046.86平方米。——译者注

2 拉丁文为nundinae，意为“第九天”。——译者注

子为质量把控尽心竭力，确保装上大车的都是最好的产品。例如，她要确保不达标的萝卜和其他蔬菜都被用来喂猪；到了冬季农神节，他们又将这些猪的肉制成熏火腿和咸肉运去罗马。

街市带来的现金非常受欢迎。维比乌斯的小农场所需要的大部分东西都可以通过与邻居易货交易获得，但特殊的农具、亚麻衣物和奢侈用品则需要钱币。有些钱币来自专业的贸易商。在一年中不同的时节，这些贸易商都会赶上他们的大车走村串寨，大量采购刚刚采收的农产品；这当然也为维比乌斯省下了反复奔波都城的劳顿。因此，豆贩子到处收购青豆和鹰嘴豆；瓜贩子为家种的瓜类作物开出好价钱。水果贩子则定期前来，因为樱桃、桃子和苹果成熟在不同的时节。然而，方便倒是方便了，但是在家里向批发商销售所产生的利润还是不及直接与罗马的顾客对接来得高，因此经济上的需求决定了维比乌斯仍然需要每 9 天装车一次。

小农场经济

尤维纳利斯致朋友佩尔西库斯：

现在我来谈谈我的盛宴［计划］吧，这里没有任何一道菜来自肉市。我的提布尔农场将提供肥壮的小山羊，那是羊群中最温柔的一只。它未曾吃过草……体内的奶比血还多。还有野生芦笋，是管家的妻子织完布后采摘来的。

主人专享的鸡蛋，用纤细的干草紧紧缠裹，与下蛋母鸡一道上桌。还有葡萄，虽然采摘了六个月，但看上去仍然像刚从葡萄藤上摘下来的一样新鲜。还有梨……在同样的篮子里还装着气味清香的苹果，丝毫不逊于产自皮塞嫩郡的那些。

今天的货物相当典型。柳条筐里装着莴苣、大量早熟胡萝卜（当然是紫色的，因为橙色的胡萝卜一千年后才传到欧洲）、带壳的豌豆、韭菜和芦笋。六对野兔，都是在菜园旁边布有夹子的线路上被夹住的，还有自上个市集日后积攒下来的一篮子鸡蛋。维比乌斯还为居住地离罗马较远的小农户运送货物，都是些不易腐烂的物品，譬如各种奶酪、罐装蜂蜜，以及香菜、欧芹、迷迭香和莳萝。这些较为偏远的小农户们用驮骡把他们的货物运来交给维比乌斯倒很容易，要自己用大车运去罗马可就难了。由此获取的利润虽不高，却免去了罗马之旅最后一段最为艰辛的路程，如此算来还挺合适。维比乌斯对此理解深切。维比乌斯养两头牛也有助于他，这两头牛无疑是小农场上的主要资产，姑且不说房屋。牛，可以定期拉车去罗马，可以犁田耙地，还可以在其他小农户有需求时租给他们，从中产生收益。

这些牛很可能像维比乌斯一样讨厌罗马之旅。毕竟，它们得拉着大车。这样的大车堪称实用主义设计的典范，人们称之为 plaustrum，是罗马世界的一种基本型载重车辆。正如维比乌斯苦涩地证实的那样，在车辆的构造上，任何奢侈品都难免存在遗漏：它基本上就是一个从橡木板上凿出的浅盒子，前面有一个（未装软垫的）座椅。车轮是粗糙的木头圆盘，圆盘的边缘钉有铁条，意在防止轮子每次辗到坑洼时发生爆裂，这还是有一定效果的。虽然价格较昂贵的车辆有一定程度的悬挂，但这辆车和大多数的农用货车都没有。为了减震，维比乌斯只得收紧臀部。

车轴几乎名不副实，只是一根由两个简单的木制轴承固定起来的杆子。然而，轴套和内轮毂上都装了衬铁，这样就能起到防止磨损的作用。轮子周围装有一组铁垫圈来减轻摩擦；但由于没有滚珠轴承，维比乌斯在去往罗马的途中需要经常跳下车来，从挂在后挡板上的罐子里抠出一把油脂敷到车轴上润滑一下。油脂可以用猪油或橄榄油熬制而成。无论采用哪种材料，车轴润滑脂都是要花钱的，维比乌斯只有在看到牛儿过度吃力的情况下才会用上些许。在此之前，无论其他路人如何抱怨他车轮上金属与金属摩擦时发出的嘎吱声响，他都充耳不闻。

在傍晚的旅途中，牛儿依然任劳任怨。但不出维比乌斯所料，天黑以后，随着大车越来越靠近城市，它们变得愈加躁动不安起来。与大多数罗马轮式车辆一样，维比乌斯的车也将在道路的软肩上行驶，为行人腾出坚硬的、铺筑过的路面。但是当大车接近城门的时候，路边的墓冢越来越密集（因为市内禁止埋人，所以这里的道路边上密密麻麻都是墓冢）。牛蹄没打掌，因此，一被赶到坚硬的石头路面上，牛儿就会疼得大声叫唤。它们没有防护的牛蹄踩到鹅卵石上，发出的愤怒的嚎叫，为旅途平添了几分不和谐音。

长期的经验使维比乌斯能够推断出日落后排队进城的时间。他实际上在暗自庆幸，自己走得虽慢，但一路还比较顺利。可到半夜时，他的运气变了。此时，见到多辆大车牢牢地缠结在一起，堵死了通往阿庇亚水道拱门的道路，维比乌斯沮丧到了极点。前面传来的喧闹声中夹杂着叫喊、咒骂和无益的建议。显然，有辆大车轮子掉了，在问题得到解决之前，交通将处于停滞状态。

维比乌斯一边咒骂，一边准备好插在长长的灰色辕杆上的鞭子。大部分旅程中，他都主要用这个东西来驱赶牛耳朵边上的苍蝇。大车的侧板已经用柳筐高高垫了起来，在这种情况下，人们往往都会想到采用这个办法。维比乌斯向后扭动着身子，微弱的星光下，他眯起双眼，一边准备好手中的鞭子。此时，一只肮脏的小手被卡在了篮筐的上方。一记鞭子重重甩下，抽打在小流氓的指节上，痛得这个偷窃未遂的小偷嗷嗷直叫，接着是一连串绝非小孩子能够飙得出口的脏话。

这就是维比乌斯把车赶进罗马的原因之一。原始的车轴和粗劣的挽具意味着，要让牛儿拉这么多货物，非把它们勒死不可（牛轭的发明是几个世纪之后的事）。事实上，维比乌斯本可以把这么多的货物驮到5匹骡子身上，这样一来，罗马之行就会更为便利。然而，除了夜警执行基本职能外，罗马基本上无人管制。独自一人带上5匹骡子，驮着容易出手的货物，在夜里穿过阿文丁山时遇袭的概率与一个拎着一袋金子的处女相差无几。说说你对罗马载重货车的印象吧，它至少有一个轮上迷你城堡的优点。此外，脾气暴躁的维比乌斯还可以任意挥舞鞭子进行护卫。过了一会儿，小流氓仓皇而逃，去寻找更容易下手的猎物了。

眼下还面临另一种更为严重的威胁，一帮大一些的混蛋会趁混乱之际把大车逼进一条小巷，去那里随心所欲地实施抢劫。一旦发生这种情况，出于维护所有车夫共同利益的需要，他们就会一拥而上，保护遭受攻击的人。维比乌斯再次祈祷诸神，但愿今晚不会发生这样的事，因为尽管在道义上他有义务参与打击这种街头抢劫，但他知道，这伙小流氓会在他打斗的当儿趁他无暇顾及而对他的货物下手。

当一队夜警从阿文丁山上下来调查渡槽柱基周边发生的混乱时，大家才如释重负。夜警到达后没几分钟，车流又一次向前挪动了。当维比乌斯的大车从巨大的石拱下驶过时，他注意到，一如往常，夜警的疏导非常有效，却缺乏同情心。那辆轮子破了的大车侧倾在小巷里，车夫孤零零地坐在货物中央，希望他对木匠发出的孤注一掷的召唤能够得到迅速的回应。

此情此景令维比乌斯意识到，到了下一站，他也应该检查一下自己车上固定车轮的金属安全销。车轮和车轴之间的扭矩会导致这些部件断裂、弯曲或松动，而这与车轮或车轴更严重的断裂一道构成了最为常见的故障原因。由于这种情

马赛克镶嵌画上的轻型两轮载货木车

况加之早先的拖延，维比乌斯已经晚点了。若再有拖延，产生的后果将是灾难性的。

尽管如此，这里离市集日的场地已经不再遥远。此时，一小支车队拐进岔道，朝着维比乌斯将要去往的同一个街市驶去。如此之多的车辆都朝着同一个市场驶去绝非巧合，因为每个生意人都会选择一个尽可能靠近自己的罗马市场。如此一来，罗马东边的菜农就会在埃斯奎里山上寻找客户，而那些更靠北边的就将迎合维米那勒山一带之需了。没有必要时，无人愿意在罗马狭窄的街道上多走一步，虽然有些人可能会花更大的力气去往位于帕拉丁山脚下罗马首屈一指的蔬菜市场。

给市场菜农们的建议

大豆要种在肥沃、不受风暴侵袭的地方，野豌豆和葫芦巴则要尽可能地种在没长杂草的地方。而扁豆倒可以种在瘦土里。新开垦的，或休耕的土地，要种大麦。萝卜、大头菜以及小萝卜，要种在施好肥或原本就肥沃的土地上。

加图《农业志》

维比乌斯之所以选定阿文丁山旁边的市集日，是因为他需要把车赶进罗马，在那里他还可以做一些别的生意。有些车夫更多着眼于利润，而不是卫生，故而在从城市返回的途中用自己的大车承运垃圾。这样做的好处是，可以让他们在罗马逗留更久，因为垃圾车不受《自治城法案》更严格的规定约束。然而，维比乌斯的第二批货物将会更加卫生。

阿文丁山脚下流淌着台伯河。在河流和山坡之间有一座巨型的集贸市场——仓库和批发业务的无序拓展吸纳了从罗马帝国运来的货物，驳船自位于奥斯蒂亚的罗马港逆流而上将货物运来这里。

春天的到来宣告“闭海”季（在此期间，禁止来自其他国家的船只在此地航行）的结束，来自亚历山大港的第一艘谷物巨船，已经靠岸在来自西班牙、迦太基和拜占庭的商船中间。商船运载的是珍贵的埃及小麦，靠着这东西，罗马才能免于饥馑。这些粮食必须在城里分发，这给有车之人提供了另一个可以多赚几个第纳尔的机会。

夜晚的第八个小时

(02：00—03：00)

面包师开始干活

完成了货物的交易并登上阿文丁山约三分之二高处之后，车夫将他的队伍领进了一条小路。这条小路与通常嘈杂不堪的罗马小巷相距甚远，因为它是通往面包师米斯特拉提乌斯店铺后院的便道。与一般的罗马小巷不同，这条小路是用石灰华石板铺就的，而且足够宽，可以毫无困难地供大车通行。这条巷子实际上灯火通明，一对火把插在面包坊宽阔的大门两侧。院子的大门前站着一个不耐烦的奴隶，他穿着一件单薄的束腰外衣，在寒冷的夜风中瑟瑟发抖。

“你来迟了。”他一边停车，一边指责车夫。车夫对夜间吃尽的苦头大爆粗口。然而，为了表示歉意，车夫还是帮着奴隶将一袋袋谷物从车上卸下来。粮袋的分级非常严格，你不能任意堆放这些粮袋。他车上的这些粮袋在面包师的院子里独占鳌头，因为里面装的全是一路从埃及亚历山大港进口的谷物。

人们都知道用埃及谷物做出的面包最纯净，也最白；而且——从面包师的角度看——最为值钱。因此，这些袋子都要小心翼翼地吊放到架子上面，这样就不会受潮，也不会被啮齿动物啃食。在磅秤的另外一端有一些旧麻袋，被随意堆放在简陋的遮雨棚下面的后墙边。这些麻袋里装的是廉价的西西里谷物，里面掺了大量的麸皮和大麦，将被用来制作面包坊必须提供的“脏面包”（panis sordidus）——一种最便宜、最粗糙的面包。

像阿文丁山上大多数面包师一样，米斯特拉提乌斯在罗马的谷物救济中表现极佳。半个世纪前，诗人尤维纳利斯曾经说过，罗马平民因受了面包和马戏的收买而臣服。然而，这并不十分准确。罗马人实际上被“贿赂”了一定量的小麦，小麦是在前任皇帝图拉真新建市场顶层分发的。然而，如今没有人在家里烤面包了，尤其是因为在罗马高度易燃的公寓楼里生火，很可能会被愤怒的邻居以私刑处死。相反，穷人们会把他们的谷物送到像米斯特拉提乌斯这样的面包师那里，花上很少的钱就可以把谷物变成面包。

每个家庭每天的粮食配给大约可以转化为两个面包，面包师要面对一百多个这样的顾客，所以他的面包坊几乎全天24小时营业也就不足为奇了。不足为奇的还有，出于他烘焙技术的缘故，这个从卡帕多西亚（所有最好的面包师都出自那里）来到罗马时还是童奴的米斯特拉提乌斯，现在成了一个自由的、闷声发大财的富人。烘焙是一门很好的行当。面包师行会（强制性会员资格）不仅在罗马的商人阶层中备受敬重，甚至在元老院中也有面包师自己的候选人代表。这位议员和所有罗马面包师的首要使命是不断向皇帝请愿，要求提高面包价格。但面包是穷人的主食，如果买不起的话，他们就会闹事。因此，当局往往更重视和平安宁，而不是面包商的经济福祉，故而面包价格受到了严格的监管。

庞贝面包坊，（几乎）能正常运转

今天，一如过去 20 年来的每天那样，米斯特拉提乌斯半夜就起床了。现在，刚洗过澡、修过面的他把头伸进院子里，冲着迟到的车夫就是一顿臭骂。米斯特拉提乌斯一边骂着，一边心不在焉地拿起一根榛木棍子，使劲抽打被蒙住眼睛的驴子的肋腹，而驴子本来正绕着院子中央的谷物碾子耐心地缓缓而行。

驴子一点也不改变它的速度。它悲惨的大半辈子都被束缚在碾子的辐条上。反复的尝试教会了它以最少气力磨出最多谷物的最佳步伐，无论面包师或他的手下如何驱策，都无济于事。

碾子本身是一个浑圆的锥体，它不会到达某个点，而是再次张开，几乎达到原来的宽度。锥体是空心的，内部还有另一个稍细的锥体。把谷物倒在喇叭口上，随驴子转动外锥，谷物在下移的过程中就被碾碎了。面粉和碎壳混在一起，堆积到底部的沟槽里，接着就有奴隶来将其及时铲走。

驴的故事

第二天早晨，我被套到了似乎是最大的碾轮上。一只口袋盖到我的头上，顷刻间，我被推上了圆形底座弯曲的轨道。在受限的轨道上，我沿着那条固定的路径不断行进……

虽然，作为人，我经常看到碾轮就是照这个样子转动的，但我还是假装对这个过程一无所知，犹如新手一般恍恍惚惚地站在原地。我希望，听我说，人们认为我无用，不适合做那种工作，被降格去做其他更容易的工作，甚至将我逐去牧场。

我使出了我那卑劣的伎俩，但无济于事，因为有几个手持棍棒的小伙子很快围拢上来。当时我还傻乎乎地站在那里，对周边的一切毫无察觉，因为我的眼睛被罩住了。信号一发，他们突然齐声大叫起来，接着对我一顿猛击，他们的叫声吓坏了我，于是，我匆匆放弃了原来的计划，疯狂地拖拽缰绳，迅速地重又回到规定的线路上。我突然改变主意，引得他们一阵大笑。

阿普列乌斯《金驴记》9，11—13

从理论上讲，任何人都可以做面包。毕竟，基本上都是面粉和水。在实践中，要做出一个好的面包则极为不易，即使在阿文丁山区，各家面包坊做出的面包在品质上也存在很大差异。就是出于这个原因，米斯特拉提乌斯在将每块面包放入烤箱之前，都要盖上他的私人印章——没有人会以自己的名义出售劣质面包。自制面包无法与专业产品竞争的一个原因在于它不会膨胀。还没有谁知道面包为什么会膨胀，因为使其膨胀的酵母要过1800多年才被分离出来。

米斯特拉提乌斯知道，他必须在每批面团揉好之后，从中留下一大块面团。这块面团其实就是面肥（leaven，源自leave，“留下”）。没用这种面肥的面包，即无酵面包，往往会被烤成又平又重又难看的厚片。但如果将捣碎的面肥和蜂蜜一起倒入温水中，经过一小时的浸泡，就会变成泡沫状的浮渣，这将是第二天烘焙的基础。不用多说，每个面包师都在不断改进和试验他的面肥，发酵初期偶尔还会用过滤出来的葡萄汁浮沫保持面肥的活性。面肥如此，面包也同样——任何试图将贵重原料偷给竞争对手的仆人都一定会遭到天谴。

如今，我们用制作面包的面粉制作面肥。这是通过揉面而不是加盐来完成的。然后，将它熬稠呈粥状，搁在一旁，让它变酸。

大多数情况下，不需要熬煮，因为面包师用的是前一天留取的一点面团。显然，所有导致面团膨胀的物质都呈酸性；同样明显的是，人们吃了这样发酵的面包身体会越发强壮。

老普林尼《博物志》18.26

虽然面肥是他生意的核心和灵魂，但米斯特拉提乌斯确实每周都会烤制一批无酵面包。他将其切成扁平的方块，作

为狗食出售。

面包坊里的混乱是可控的。这个地方，嗯，热得像火炉，正是因为这个，在外面恭候车夫的奴隶才穿得如此单薄。大部分光线都来自搁在地板上方的柴火炉，所以，整个房间被映照得犹如节日哑剧中来自冥界的场景一般。门的两边都放着又大又结实的桌子，桌面是玄武岩。几乎整个桌面都被一只深盆所占据，里面倒入了面粉、面肥和水。然后，根据所需最终产品的数量，加入精确分量的盐和橄榄油。油加得越多，面包就越松软；盐，也许再加上一点迷迭香，就能做出与罗马人喜欢的辛辣酱汁完美搭配的面包。

赋予最优质面包卓越品质的首先是小麦的品质，其次是筛面粉用的布料的细度。有些人喜欢把牛奶或鸡蛋揉进面团里，甚至还有黄油。这就是各国自由实践和平艺术和培养烘焙技艺的乐趣所在。

老普林尼《博物志》18.27

品质较差的面包会使用混有一些劣质的埃默小麦麦粒和斯佩尔特谷物麦粒的细面粉。与他的一些竞争对手不同的是，米斯特拉提乌斯深知把面包揉透之后，再多揉几遍的重

要性。在面盆中准备面团时需要操作桨叶，这是一项重体力活，因此每只盆通常需要同时配备两个人。由于揉面工可以不受限制地享用与工作相匹配的食物，在别人眼中他们或许就是块头大而已，直到有人就看到他们从盆里随意抓起一百磅重的大面团，一把甩到大理石板上，再分成头部大小的面团，让其发酵。

在闷热的面包店里，面团膨胀到原来的两倍，大约需要一个小时。现在就需要将面团摊平，使之最后成形。

在形形色色的面包中，我们发现它们的名称各不相同。

有的来自通常与其伴餐的食物，例如牡蛎面包。

还有的因其精制的配料而得名，比如蛋糕面包。

再就是快手面包，因为可以快速制作，人们称之为快手面包。

其他种类的面包得名于其制作方式——例如，烤箱面包、模制面包（在一个封闭的金属盒中烤制），以及模烤面包。

老普林尼《博物志》18.27

前一天下午睡觉前，米斯特拉提乌斯就得花大约一个小

时来筹划他需要做什么类型的面包、用什么面粉和按什么顺序。待炉火燃起，烤炉升至烘烤温度时，可就没有时间犹豫不决了，一切都必须按军事行动般的细致进行。一旦准备就绪，发好的面团就需要精确烘焙。如果在放进烤箱之前延误太久，从烤炉里取出来的就是被一层干燥、易碎的外壳松散地固定在一起的若干大孔，如果幸运的话。最糟糕的情况是，过度膨胀的面包会自行塌陷，而且，无论如何，那股强烈的酸酵母味使得做砸了的面包几乎无法食用。

因此，现在面包师无处不在：在推桨的地方训斥工人，反手抽打那个无精打采地做着面包的童奴，冲着窗外吼叫，让人从院子里再送些面粉进来。

他亲自负责今天订购的特制面包。这个用芝麻调味的 U 形面包将被做成竖琴状，配以面包棒琴弦，供晚宴享用。婚宴需要一大批男性生殖器形状的面包，因为在罗马人看来，阴茎象征人丁兴旺。

其他面包是圆形的，直径约 1 英尺，厚 4 英寸[1]。面团上面被刀切过，这样一来，面包上的切口看上去就像车轮的辐条。这种面包将供应给市场上的零售商，他们按段出售，有人购买时将每块面包切割开来。米斯特拉提乌斯售出许多这样的面包，根本没有时间匹配模具，再将面包从模具中取出。因此，经过长期实践，他会快速地在每条面包的“腰

1 1 英尺折合 30.48 厘米，1 英寸折合 2.54 厘米。——译者注

部”缠上一段粗绳，以防烘烤时散架。

加了白色的花蜜，皮塞嫩面包就会胀得很大，像海绵吸水后那样膨胀。

马提雅尔《隽语》13.48

无论形状如何，面包都要放在一个扁平的木桨上，用它将面包送入烤炉。烤炉占据着屋子的中央位置，那是一个用扁平的黏土砖砌成的巨大拱门。拱门下面是用砖块砌成的两只背靠背的独立的烤炉，每一只烤炉都用坚固的铁门固定。只要觉得里面的面包烤好了，米斯特拉提乌斯便会打开炉门，一股热气顿时涌进屋子。棕色的面包被匆匆铲进柳条筐中，新的面包又装填进来，从底部的架子往上装，底部的温度不太高，只能烘焙些小的条状面包和小圆面包，顶部烘焙大个的面包。

每隔半小时，每只烤炉就会又吐出十几个面包，面包师的女儿会把这些面包搬到临街的店面上，然后按面包类型小心翼翼地摆上货架。尽管时间还早，但已经有一小群人在等着面包店开门了。一群执勤警在外面走来走去，为的是在粗糙但可口的小米面包上架时刚好从门口经过。执勤警和汗流浃背的工人们挤在一起，这些工人在阿文丁码头的驳船上结束夜班卸船工作之后，都会在回家前来到这里抢购一条面包。在其他常客中还有一个年轻的女奴。每天她都会来到这里买上一块大白面包，这将是她主人早餐的一部分。

赫库兰尼姆面包

公元 79 年 8 月 24 日清晨，一条面包被放进赫库兰尼姆镇一家面包坊的砖炉里。这条面包是为昆图斯·格拉尼乌斯·韦鲁斯的奴隶塞勒尔定制的。它根本就没能被送达目的地，因为塞勒尔、面包师和大部分赫库兰尼姆人都命丧于自维苏威火山涌出的火山碎屑流，小镇毁灭殆尽。

然而，砖炉的设计在阻外热和保内热方面一样出色，故而面包本身得以幸存下来，尽管烘焙到了碳化的程度。如前所述，面包呈圆圆的“蛋糕形”，为了便于将其掰成八块，顶部留有被切过的痕迹。

经过科学分析，重新制作了面包的配方。这种特殊的面包其实就是一个酸面团，酸面团依赖于两种野生酵母——乳杆菌和醋酸杆菌，然而奴隶塞勒尔对此一无所知。

只要将面粉和水的混合物搁在厨房的桌子上几天（根据需要加满配料），就可以使其发酵。一旦你手中有了面肥，再加入半升水、400 克（14 盎司）粗面粉

（如果找不到，可用比萨粉）、400 克全麦粉、一汤匙黑麦粉（如果有的话）和一汤匙橄榄油。将这些材料混合到一起，你就能得到一大块的面团，触摸起来稍有黏性。将它放到温暖潮湿的地方，搁上 45 分钟，再次揉搓，这次加入一茶匙盐。把它放在蛋糕盘中，按上你的个人印章，在面团上划下大约 1 厘米深的刀痕以标记切段。最后，让面团发酵。

一小时后，你的面包应该就可以烤了——在 220℃的温度下烤 25 分钟。不要让附近火山喷出的火山碎屑流中断了烘焙过程，最终你应该就会得到一个精致的硬皮面包。

夜晚的第九个小时

（03：00—04：00）

女奴备餐

女奴走出温暖的面包坊，抬头看了看夜空。在家里的人醒来之前，还有许多事情等着她去做。首先就是早餐，早餐吃的面包她刚刚买回来，必须趁热吃。然而，照看火炉不能妨碍早晨的其他准备工作。精心安排好这些准备工作的时间，将决定你是挨一顿揍还是再获得半小时的休息。所幸这是一个晴朗的夜晚，观察时间并不成问题。女奴的时钟就璀璨地散布在天空中。

在罗马，路灯根本就不存在，也很少有燃油灯。在沉睡的城市上空，繁星闪烁，女奴对星座十分熟悉。她在寻找“狗尾巴”，这是小熊座末端的星星。在整个天空中，这是一颗永远不会改变位置的星星。通过长期练习，女孩找到了这颗星星，并注意到它与她所知的“七牛”星团之间的夹角。午夜过后，随着群星盘旋上天空，“狗尾巴”和“七牛”之间的夹角逐渐变钝。女奴迅速向上一瞥，得知夜里的第九个小时已经开始。是时候赶快沿着街道回家了。[1]

这是女奴所知道的唯一的家，因为她的身份是家生奴，即在主人家里出生的那一奴隶阶层。事实上，她的长相和举止强烈表明，她的父亲就是家长本人，即这个家庭的主宰。女孩很可能是他在 15 年前与一个女佣厮混之后怀上的。女孩的母亲是奴隶，她也从来没有得到父亲的正式承认。自从出生的那一刻起，按照法律和习俗，她就是一个奴隶，并且一直都是。

在这个家里的长期居住和可能的门第赋予了女孩一些特权，但她的长相也让她蒙受了女主人的嫉妒和怨恨。尽管女主人竭尽全力，尽管各种各样的希腊药剂和伊特鲁里亚护身符给她带来了生育的希望，但她依然怀不上孩子。她把这个女奴视为她未能为丈夫生下子嗣的活生生的耻辱。今天，女主人要去罗马的另一头拜访家人，这使女孩百感交集。一方面，女主人外出时，她不会受到任意的任务指派和惩罚，但另一方面，她必须忍受为女主人的出行准备发型的过程。这就是女奴之所以要赶回家去，迅速把屋子里的火重新点燃的原因之一。

---

1 这种通过星星报时的方法在今天仍然可以使用，因为星座只是名称发生了变化。“狗尾巴”现在是北极星；“七牛”是北斗七星，即英国人说的“犁”，美国人说的“大河乌”。

维吉尼亚案

在罗马共和国早期，一个名叫阿庇乌斯·克劳狄乌斯的地方法官被年轻女子维吉尼亚吸引。为了占有这个女孩，他提供了虚假的证人，其中一人声称这个女孩只是被她现在的父亲收养的。

此人声称，维吉尼亚实则是他家一个女奴的女儿。因此，根据罗马法，她就是他的奴隶。该男子要求获得女孩的监护权，而阿庇乌斯，他任命自己为审理此案的地方法官，立即判给了所有权。

一旦维吉尼亚被宣布为家生奴，即出生在主人家里的奴隶，她就可以被卖给好色的阿庇乌斯。这一企图被女孩的父亲挫败了，他在所有追索权遭到阻止之后，立刻将女儿刺死。在这一点上，阿庇乌斯败给了自己，因为根据他自己的法令，父亲杀死奴隶只被视为财产的损失，并没有犯谋杀罪。

愤怒的父亲接着领导了一场推翻政府的民众运动。阿庇乌斯因其罪行被捕，在监狱里自杀身亡。

李维《罗马史》中的细节 3.44ff

回到厨房，她首先脱下系在较短的室内衣服外面的那件长长的户外束腰外衣。她把外衣挂到门后，然后把火点燃，取出面包。她将面包放进一只形状特殊的陶土花瓶里，这样当她的主人匆匆前来用早餐时，面包还能热乎乎地冒着热气。待主人吃罢，女孩就会将火苗拨得更旺，把女主人的卷发钳烧热。

头发对罗马女人来说至关重要。女奴梳着“自然”的发型，头发用一根皮绳扎起来束到脑后。这种发型立刻显示出她处于底层的社会地位。像她女主人这样的女人，或者任何一个自命不凡的人，往往都会以最时尚的发型装扮自己——将头发优雅地梳着、盘着和卷着。要取得这样的效果就需要花费时间和费用，所以发型越优雅、越精致，这个女人显然拥有的金钱和空闲就越多。女主人不仅仅要求女奴为她尝试一种发型，而且这种发型需要花费的是双倍的时间和预算。因此，奴隶痛苦地意识到，如果她的努力达不到预期，她很可能会被扇耳光、被发夹扎，甚至被自己的卷发钳烙。

为了使卷发钳足够热，女奴需要将空心的外筒埋进重新燃起的炭火里。之后，她会将主人的头发缠在卷发钳的实芯上，再套上烧烫了的外筒。与女奴处理生活中许多其他事情一样，她需要把握时机。外筒太烫，会损伤女主人的头发；如果不够烫，头发又不会卷曲。不论何种情况，责任都将落在美发师身上，这下女孩可就要遭殃了。女奴首选的做法是把外筒烧烫，然后让它慢慢冷却到最佳温度——迟滞一下让外筒冷却下来比起慌慌忙忙再次给它加热更加容易。

发型，一桩大事

她的家庭制度就和西西里暴君的法庭一样残酷。如果有约会的话，她甚至会以高于平日的水准来装扮自己……这对女奴普塞卡斯来说简直就是倒霉透顶——头皮被撕破，胸部和肩膀裸露在外，还得为女主人做头。

“这绺卷发怎么就这么别扭？”她询问道，手上拿着牛皮筋，意欲对一绺看不顺眼的扭曲的小卷发施以报复。当然，这你也怪得上普塞卡斯吗？似乎不太可能，你自己的鼻子让你不开心总不能也是女奴的错。

此时，一个奴隶站在夫人的左边，把头发拉直，然后梳卷成发髻。她会向她（女主人）母亲的一个奴隶征求意见……打理发夹许久之后终于有所改善。首先是她的意见，然后再与年纪和技艺都在她之下的那些人商议。你可能会认为这事关乎她声誉的丧失，甚至她的生命，所以她的团队会竭尽全力追求完美。

最后，她的头被重重压上一层层头发，一层一层高高地堆在前额上。从前面看，你会以为看到了安德洛玛刻（勇士赫克托耳的传奇妻子）；从后面看，一个小矮子。

尤维纳利斯《讽刺诗》6

火越烧越旺，女孩开始准备早餐。罗马人的早餐有些草率，事实上，许多家庭干脆不吃。女孩从长期的习惯中知道她的主人喜欢吃什么。她准备的面包是圆形的，已经在面包房里切割好了，可以很容易地掰成八个三角形大块。主人很可能会在早上洗完澡后进入厨房，掰下其中的三块，然后就着一把橄榄吃，此刻，女奴正小心翼翼地把橄榄放到厨房里一张边桌上的碗里面。就在主人到来之前，女孩将从烤炉顶上的容器中取出面包，淋上橄榄油，使其更加湿润而松软。思索片刻，女孩又取出一些晒干的山羊奶酪，放进餐具柜里。主人可以吃，也可以不吃，如果不吃，可以把它们放到篮子里去，也无妨。

现在，女孩转过身来，走向一大碗已经浸泡了一整夜的脱壳燕麦。她把水倒掉，扔进三块拳头大小的粗白干酪。她又加了一个鸡蛋，偷偷扫视了一眼厨房，加了半勺不让触碰的蜂蜜。她使劲将所有东西捣成糊糊，倒入另一只碗中，把碗也搁到烤炉顶上。稍后，这将是自己和其他家奴的早餐，他们中的一些人白天太忙，顾不上吃午餐。

一切就绪，女孩走出厨房，仰望夜空，只见房子敞开的中庭上方繁星点点。这户人家渐渐有了动静，几扇窗户里的灯光也闪烁起来。尽管她想主人还要再过大约一刻钟的光景才会来到厨房，但从长期的经验来看，女孩知道最好还是不要闲着。她悠闲地漫步到自己的住处，带了一大团羊毛回来。

罗马式早餐

松仁 120 克（4.2 盎司）

蜂蜜

白胡椒粉

凤尾鱼酱 1 小瓶

小鸡蛋 2 只（或鹌鹑蛋 4 只）

首先将松仁浸泡一夜，沥干水分，与 1 茶匙胡椒和 1 茶匙蜂蜜一起倒进搅拌机中（老派做法是用杵和臼，而不是搅拌器）。将所得的酱汁倒入平底锅缓缓加热，同时加入两汤匙左右的凤尾鱼酱搅拌。同时，在另一口平底锅里把鸡蛋煮软（记住，小蛋煮得更快，所以 3 分半钟就足够了）。

将鸡蛋剥皮，整个放到一只深盘中。也可在盘子底部垫上一片烤到酥脆的大麦面包。倒上酱汁，即可上桌。

女孩坐在厨房的凳子上，用一把大大的金属梳子把羊毛梳成分布均匀的银色纤维，准备纺纱。羊毛已经分过类了，因为羊毛的品质会因动物而异，甚至因提取羊毛的动物部位而异。这是公羊身上的粗毛，稍后将被织成斗篷。因为羊毛中的天然油脂在斗篷制成后有助防水，所以这种羊毛未经水洗。为了防止外衣上出现大片油渍，女孩在膝盖上铺了一块大皮垫，然后才坐下来梳理羊毛，等着主人到来。

粗梳羊毛

首先，从羊身上剪下一束羊毛。洗一洗。绵羊往往更脏一些，因为污垢深深渗入了纤维之中。然而，若要保留下羊毛的天然油脂，就不要在超过70℃的温度条件下洗涤（羊毛中的油脂不仅有助于保持成衣的防水性，而且对皮肤也很有好处）。一旦清洗完毕，就将羊毛放在暖和的地方晾干。

接下来，拿起你的梳理板。这种梳理板很像方形的乒乓球拍，其中一面布满了钝针。针的密度越大，羊毛就越细，梳理起来也就更费劲。因此，板子的大小相应决定了你上身用力多少，这是一份苦差。

把羊毛铺在一张卡板上。坐下身来，将这张卡板搁到你的膝盖上。现在，轻轻地将另一张卡板拉过铺在卡板上的纤维。朝着一个方向不断拉动，将所有纤维拉成一条直线。反复地拉，直到大部分羊毛被转移到这张拉动的卡板上。然后转换卡板，反复操作。最终，所有的羊毛纤维都将排列到卡板上。

轻轻卷动羊毛，直到你得到一个蓬松的圆筒。这就是人们所称的“纤维卷”，现在一切就绪，可以纺线了。

女主人从女奴捧着的首饰盒中挑选珠宝

夜晚的第十个小时

（04：00—05：00）

母看病儿

哦，温柔的厄勒提亚，你能适时分娩，保护（分娩中的）妇女；不管你选择卢基娜的称呼，还是生殖器的称号。

女神啊，繁衍我们的后代吧！

贺拉斯《长短句集》中的罗马祈祷 17

天快亮了，小卢修斯·库里乌斯还没睡。他的母亲索西帕特拉疲惫而沮丧地斜靠在小床上。她再一次用一块湿海绵在孩子泛红的脸上擦了擦，在过去的一个小时里她已经多次这样做。作为回应，婴儿把脸拧得更紧，再次号啕起来。整个夜里，他一直都在时断时续地哭闹着。

俗话说“孩子到，万事忧”[1]。在孩子出生之前、出生期间和出生以后的几个月里，有太多的事情会乱套，正常的生产和健康的婴儿是例外而非常态。因此，就像每一对年轻的罗马夫妇一样，索西帕特拉和她的丈夫特马里斯结婚时就预计，在婚后的前十年，他们可能会埋掉几个孩子。古罗马太不善待婴儿。

和大多数罗马劳动阶层的女孩一样，索西帕特拉在十几岁时便已结婚。在那之后的十年里，她一直在怀孕或哺乳。然而，尽管这对夫妻竭尽全力，他们依然只有一个健康的孩子。这就是他们的女儿特马里娅，现年 7 岁。和罗马的父母可以合理断定自己的孩子能够活下来的年岁相比，7 岁已经又过了两年。也就是说，在罗马，每 10 个新生儿中就有 2 到 4 个在 5 岁之前死于疾病。

孕妇护理

护理分为三个阶段。第一阶段旨在确保射入精液的存活和保持。第二阶段是对表现出来的异食癖等症状的处理和缓解［“异食癖”指在怀孕期间对非营养食物的渴求，如白垩或沙子；这个词来自拉丁文 magpie（喜鹊），罗马人认为喜鹊什么都吃］。在最后一个时期，随

1 Antiphon 87 B. 49d.

分娩临近，护理的目的就是完善胚胎和增强分娩力。

最重要的是，必须认真开出容易消化但不会迅速分解的食物，譬如嫩煮蛋，用冷水或稀释过的醋调制的斯卑尔脱小麦或特别浓稠的大麦粥……禽肉也不错，只是肉不要太肥，不要太干（如鸽子、画眉和乌鸦等）……蔬菜包括菊苣、防风草、车前草和野生芦笋……苹果和柑橘应该烘烤过。生吃的话，是很难消化的；煮熟的话，又丧失了很多价值。经过充分的挤压和烘烤，它们既可保持嚼劲，又更容易消化。

第七个月之后，准妈妈应该停止更高强度的锻炼，尤其是拉动推车导致的颠簸。她应该谨慎从事其他锻炼……如果有迹象表明分娩在即，就必须为活产做好准备，因为有证据表明怀满7个月的孩子生下来能够存活。

……乳房可能增大，在这种情况下，不得摩擦或挤压乳头，以免发生脓肿。因此，妇女通常会放松胸带以适应乳房的增大。

摘自公元2世纪索兰纳斯医师的《妇科学》14，46，51和55

当然，自那以后，城市生活里常见的危险随时都可能夺人性命。虽然特马里娅的父母都认为她很健康，但现在小库里乌斯患病在身，索西帕特拉也已流产四次。生下来时

好端端的孩子，不出一个月就夭折了，这样的情况发生了两起。

简而言之，索西帕特拉是一个典型的罗马母亲。过去，即便是罗马最高贵的家母科尔内利娅也发现，作为大西庇阿的女儿，她获得的护理是顶级的，但仍不足以阻止她 12 个孩子中 9 个夭折的命运。

在罗马，一个女人一生中可能怀孕十多次，即使这样也不足以维持人口的稳定。这在一定程度上是因为许多妇女，比如恺撒大帝的独生女，在第一次分娩过程中就死去了。结果，罗马的人口持续下降。多亏外来移民才使得这座城市最终没有成为鬼城——其中大部分鬼魂都是年轻的母亲和婴儿。

令人心碎的是，赫尔维迪埃姐妹俩都遭受了同样的命运。两人皆因难产而死，生的又都是女儿，这是何等的可悲啊！我真是伤心透了，拼命压制这种情绪。然而，这两位年轻漂亮的女子，在她们的人生才刚刚开启，即将成为人母的当儿，就离开了人世，这实在令人痛惜。我为这些失去母亲的婴儿感伤，为她们优秀的丈夫感伤，也为我自己感伤。

小普林尼《书信集》4.21，
致维利乌斯·凯列阿里斯

至少，正如丈夫不断向她保证的那样，她自己是健康的。索西帕特拉流产的胎儿全都活到了妊娠晚期，但死胎的分娩并没有给母体造成任何身体上的伤害。这些小小的尸体现在就埋在房屋的墙里，因此，分娩女神朱诺·丽奇妮娅（Juno Licinia）知道这是一个对婴儿友善的家庭。索西帕特拉至少还可以再生孩子。她的许多朋友在难产后就丧失了生育能力——令人心碎的往往是，婴儿一生下来就没了生命。

小库里乌斯就降生在这个房间里。窗户下面现在摆放他柳条床的地方，从前就是一张硬面的分娩床，这是焦虑的亲属们搬上楼来的。现在，索西帕特拉独自一人，紧张地守护着呼吸急促的孩子，一面回想起孩子出世时那喧闹而忙碌的场景。

房间里从来不会少于 4 人。当然，她的姐姐也在其中，以她一贯的专横作风执掌一切。她和助产士联手阻止了索西帕特拉的婆婆欲强行让这个准妈妈吞下一剂令人作呕的粉状猪粪药剂的企图（如老普林尼《博物志》28.77 所荐）。然而，这位婆婆却获准将一只干瘪的鬣狗脚放到床下，索西帕特拉也被迫戴上辟邪的护身符。此外，尽管她对这些物品的功效表示怀疑，但还是不失时机地抓住了一只粘有秃鹫羽毛的棍子，婆婆将孩子的成功分娩全都归因于它。

很自然，索西帕特拉的头发被小心地解开，每个进入这个房间的女人都是如此，不过这是常识，而不是迷信。大家都知道，在女人分娩的房间里，任何东西都不能打结。腰带

罗马浮雕上的产后场景

打结，甚至双腿交叉或十指相扣都会产生一种气场，如果母亲感受到了，将会对孩子的分娩产生危险的抑制作用。大家都知道，孩子和脐带可能会危险地缠绕在一起。因此，出于同类找同类的缘故，在产房里出现打结或缠结的情况，只会招来麻烦。

鉴于以往发生过的悲剧，这一次年轻的父母花钱请了一位专业助产士。助产士通常只为富人接生，因为请一个称职的助产士至少和请一个好医生花费一样多。这对夫妇花钱请到的是一个通情达理的女人，她青睐希腊医生的文献胜于坊间传闻和过激父母的护身符。

就是这位助产士保证，索西帕特拉分娩时将被护送到分娩椅上。在那里，她背倚枕头，两腿支在凳子上，小库里乌斯通过椅子底部月牙形的开口来到这个世界，助产士就蹲在那里迎接他的到来。与此同时，在齐胸的位置，他的母亲紧紧抓住椅子的铁横档，用劲之大，几乎把金属掰弯。

胎盘一直拒不自行娩出，最后还是由助产士将它导引了出来。与许多助产士一样，这位助产士在这种场合用羊毛脂油润了润手，把指甲洗净并修剪整齐，以免引发感染或使子宫发炎。助产士处理完胞衣后，将血淋淋的分娩布搁到一旁留待随后清洗，就匆匆离去了。此时，为给孩子的首次餐食催乳，姐姐和婆婆就是否让索西帕特拉服用蜂蜜酒泡碎蚯蚓激烈地争执起来（索西帕特拉回忆道，这种饮剂的味道并没有她想象的那么糟糕，当然小库里乌斯从来就不缺奶喝）。

那时所有的喧嚣、争执和忙乱与6个月后这孤独的看护真有天壤之别啊！索西帕特拉孤身一人待在房间里，因为父亲和女儿都已回到里屋睡觉去了。当然，一个孩子的病再重，也不成为特马里斯第二天不去上班的充分理由。除了悲痛欲绝的父母，在所有人看来，死婴简直就是司空见惯的事。即便是伟大的西塞罗在一个世纪前也曾经说过："接受一个孩子夭折的现实应该不难，如果孩子死在了摇篮里，就根本不值得关注。"[1]

---

1 Cicero, *Tusculan Disputations* 5.2.413.

这个由弗朗托和弗莱西拉所生的小女奴，是我的快乐所在，我会拥抱并亲吻她。别让小厄若辛恐惧黑暗的阴影和刻耳柏洛斯的血盆大口。她刚刚度过了第六个寒冷的冬天……愿柔软的草皮覆盖她娇嫩的幼骨，轻轻搭在她的身上吧，大地。她一点也不沉。

马提雅尔《隽语》5. 34

最近，哲学家塞涅卡斥责了一个因婴儿夭折而过度悲伤的朋友："别指望我安慰你，我要在这里训斥你。你非但没能像一个男人那样接受你儿子的死亡，反而做了相反的事。他还是个婴儿！你还不知道对孩子该期望些什么，所以你只是损失了一点点时间。"[1]

然而，如索西帕特拉所知，抽象地思考一个孩子的死亡是一码事，一旦孩子成了她过去 6 个月关爱的焦点，则是另一码事。每天，索西帕特拉都抱着孩子，给他喂奶，焦虑地守护着他。随着时光的流逝，她慢慢地敢于希望了。现在，她的孩子躺在小床上，幼小的肺在痛苦的啼哭声中艰难地呼吸着，这些希望又变得岌岌可危起来。索西帕特拉叹着气，走到墙角的桌子旁，小心翼翼地往灯里加了些油，那朵闪烁

1 *Epistulae* 99.2

着的小火苗是屋子里唯一的光亮。夜里她已经给灯加过三次油。这意味着没有必要再加油了，因为在油耗尽之前，阳光将注满整个房间。

天一放亮，索西帕特拉的姐姐就会到来，送来早餐，有牛奶、橄榄和新鲜面包。随后，她将催促索西帕特拉赶紧进里屋去，到丈夫空出不久的床上躺躺，休息休息。姐姐将试图哄着婴孩吃些加了牛奶和蜂蜜的玉米糊。

致亡灵……这是一个最甜美、最可爱、最令人愉悦的婴儿。他还没有学会说话。父亲特马里斯和母亲索西帕特拉为他们最可爱的男孩卢修斯·库里乌斯立碑纪念，他只活了6个月零3天。

罗马铭文（《拉丁铭文集》6.17313 罗马）

夜晚的第十一个小时
（05：00—06：00）

帝国信使启程不列颠

提图斯·奥鲁斯·马克留斯是一个大忙人。他也感到有些惴惴不安，因为他原来计划待午夜一过就离开这座城市。然而，前往不列颠的专差并不经常与帝国邮政同行，而且似乎卡皮托利山上档案馆里的每个职员都有信件需要加进帝国的派单中，这些派单全都装在提图斯马鞍后面驮挂的防水邮包里面。

现在，由于官僚主义的拖延和最后一刻邮件的增加，曙光已经照亮了天空，街道上开始挤满行人。提图斯一路策马疾行，但就在那当儿，还险些撞倒一个拎着一份由橄榄和面包组成的早餐赶往附近公寓的妇人。提图斯估计，再过一个小时，他就能穿过街上的人群，然后踏上阿格里帕大桥，沿着奥勒里亚大道，朝托斯卡纳海岸沿线凉爽的丘陵进发。

提图斯在城里的时间较少，故而更能意识到罗马城里居民们习以为常的诸多弊端。譬如气味。坦率地说，罗马臭不可闻。那边就有最好的证据，瞧，一辆路过的大车最近运来的一堆臭牛粪。这至少还是新鲜的，不像罗马人晚上早些时候把几十只夜壶倾倒在街道上。他们懒得走几步去公共厕所，然后再回到楼上。这种特殊的臭味掺和着成千上万人与动物搅合在一起散发出的刺鼻气味，再与从小巷里飘来的腐烂垃圾的气味混在一起。每次提图斯来到罗马，都感到鼻窦在恐惧中发抖。

然而，在这当中，尚且夹杂着来自面包坊的柴火和新鲜面包的更加诱人的香味，以及铁匠铺为当天的锻造而燃烧木炭所散发出的更加刺鼻的香气。更令人恶心的是，制革工匠院子里的恶臭，由来自特拉斯提弗列区（横穿台伯河）的东风裹挟着扑面而来。用来硝皮的浓缩尿液的辛辣气味足以让一个乡下男孩淌眼抹泪，而出生于萨宾山的提图斯仍然把自己看成一个乡下男孩，尽管他已在帝国供职多年。

提图斯是一名信使（tabellarius），即众所周知的帝国送信人的名称（因多数信息都写在被称作 Tábellari 的蜡板上而得名）。更确切地说，他属于被称为骑马信使的类型，一种源于“马鞍”一词的信使。骑马信使骑在马背上，是数量最少、最昂贵的信使。他们只受雇于富有的贵族、商人，当然还有皇帝。在大多数使用专用信使的场合，他会乘坐轻便马车出行并且从容不迫——在罗马社会中，熟悉的人通常都住在附近，因此几乎不需要长距离发送紧急信息。当然，除非你是皇帝。如同他们旅行的道路网络一样，信使也是维系幅员辽阔的罗马帝国的纽带的一部分。

如果说条条道路通罗马，那么沿着这些通往罗马的道路也会传来各大行省总督的信息，包括概预算、纳税申报表和军队人数。有来自边境地区蛮族运动的侦察报告，也有来自罗马境外附属国国王的消息。所有这些信函统统都被帕拉丁山上的罗马政府所吸纳。然后，作为回应，像提图斯这样的信使就在帝国大地上四散而去，向官员们送去指示，告诉他们是否采取军事行动，或起诉那些被称为基督徒的讨厌的教派成员，或是否为总督钟爱的项目提供资金，无论是洗浴中心还是渡槽。哈德良是一个事必躬亲的统治者。

波伊廷格地图

公元 1494 年，一位学者在德国沃尔姆斯偶然有一项非同寻常的发现。这是一幅卷轴，长约 7 米（22 英尺[1]）。卷轴上列出了罗马帝国邮驿系统的所有驿站。

卷轴本身不是地图，因为目的不是显示土地而只显示线路。因此，这份图表高度失真，正如现在的地铁图可以

1 1 英尺折合 30.48 厘米。——译者注

显示地铁站，但不能准确反映城市地表的地理位置一样。

然而，这份图表始终是一项惊人的壮举，它描绘了邮驿线路上500多个城市、3500多个驿站，以及其他地方的位置。因此，才可能几乎逐日回溯提图斯·奥鲁斯·马克留斯当年英国之行最可能选择的路线，也才可能找到更具传奇色彩的路线，经过中东到达印度和锡兰（罗马人称斯里兰卡）。

地图的原型很可能就是由当时奥古斯都皇帝的心腹阿格里帕绘制的一幅帝国邮驿系统图表。几个世纪以来，这份图表经过细化和扩充，成为我们今天的摹本，现藏于维也纳的奥地利国家图书馆。它显示了大约公元430年，即信使提图斯·奥鲁斯·马克留斯效力于该组织300年后的帝国邮驿系统。

如他的工作描述所示，提图斯的大部分时间都在马背上度过。他虽然无法携带大量的邮件（有些邮件似乎未引起档案馆办事员的注意），但总能迅速地完成投递任务。一个使用马车的私人信使也许能够携带几百封信件，但如果不善待马匹的话，他一天也就只能跑上30英里[1]左右。在他旅程的起始阶段，在意大利中部上佳的道路上，一旦避开了罗马繁

1 1英里约折合1.61千米。——译者注

慢邮——公共邮驿马车

华的街道，提图斯就打算将这一距离翻上一番。在空旷的乡野里，如果信使发挥出色的话，一天跑上 80 英里也是可以做到的。如果信使的手杖上挂有桂冠（这意味着他带有罗马胜利的消息在身）或者饰以羽毛（这表明，他必须随信息飞奔而行；羽毛对于罗马而言很少预示着好的消息）的话，那么罗马道路上的交通就会统统为他让路。

同大多数意大利道路上的旅行者一样，奥勒里亚大道上的旅行者都能得到完备的服务。在哈德良时代的世界性帝国，很多罗马人旅行或为了商务，或为了娱乐，接待这些游行者本身就是一个小产业。和其他旅行者一样，从事非帝国事务的私人信使会找一家客栈解决食宿，它的功能通常由外面的一块牌子来说明，上面画着一只动物，譬如彩绘的公鸡或大象。在大多数主干道上，每隔 8 英里就可以找到一家这样的客栈；而在人迹罕至的道路上，这个间隔为 24 英里。在进入阿尔卑斯山附近的梅蒂奥拉努之前的荒郊野外，每 40 英里若能找到一家算你幸运。

这与提图斯关系不大，因为除客栈之外，他还可以使用政府设施。他之所以能以这样的速度行进又不把马累死，是因为他每隔 8 英里就在仅供换乘的驿站更换一次马匹。帝国所有的主干道上都设有这样的驿站。继军队之后，这些驿站是帝国政府最大的开支名目之一，因为有数千英里的帝国道路，每条道路又都设有若干驿站，每个驿站为快邮最多备有 8 匹马，为慢车备有骡子和牛，有蹄铁工和马夫照料牲口，还有公务人员负责联络。

普林尼（本都和比提尼亚行省总督）致图拉真皇帝：

到目前为止，阁下，除行政用途之外，我从不允许任何人使用帝国邮驿系统。但现在我发现，我必须打破这一迄今为止固定的规则。

当我的妻子获悉她的祖父过世时，她想尽快见到姑妈。在这种情况下，我想她可以动用这份特权（使用帝国邮驿系统），因为我觉得您会同意阻止她尽孝是不仁慈的。

……因此，我对您的善愿充满信心，我已经冒昧地做了一件如果等待您的允诺会为时太晚的事情。

图拉真致普林尼：

我最亲爱的塞孔都斯，鉴于你相信我于你的情谊，你对我是公允的。当然，如果你在使用我授予你的特许之前还要听候我的允诺的话，那么你的妻子就不可能及时踏上她的旅途。

普林尼《与图拉真往来书信集》10.120-1

尽管仅供换乘的驿站对帝国的运转至关重要，却非常不受它们所处的社区欢迎。这些社区必须承担其区域内驿站运行的费用，而且这些费用很高。高到帝国政府有时试图通过承担管理费用来缓解公众对帝国邮驿系统的不满。然而，对于一个长期缺钱的政府来说，这根本是不可能的，而且这种负担总是在官僚主义的游戏中又转嫁给了社区。

帝国邮驿系统并不仅仅只是帝国的驿马快信，尽管这可能是提图斯这样的信使的真实写照。他是“快邮”的一员——事实上，作为骑马信使，他是快中的最快。然而，帝国邮驿系统中也有“慢邮”，它所承载的就远不止是信息了。这种慢邮通常负责政府高级官员的家人眷属的迎来送往，将在战场上致残的士兵运送回家，并为任何其他有能力走私人关系的高级官员提供运输服务。

正如职员们为了使用骑马信使传递信息展开激烈竞争，使用慢邮也是一种备受追捧的特权。毕竟，旅行是一桩枯燥且昂贵的差事，谁不愿花费公帑享受头等待遇呢？因此，任何使用驿站的人都会被强烈要求出示公文，这是允许使用该站点的官方文件。这样的文件需要接受仔细的检查，因为赝品比比皆是。当然，提图斯有他自己破旧不堪的公文。然而，作为往来于罗马和伦底纽姆间的常客，驿站的长期工作人员一眼就能认出他来。

当提图斯策马穿过弗拉米尼乌斯竞技场一带街道上日益拥挤的人群时，内心正盘算着当天的后段行程。幸亏动身迟缓，他指望着能够赶到森图姆塞利享用一顿很晚的晚餐，那是一个距伊特鲁里亚的塔尔奎尼亚不远且十分宜人的海滨小镇。提图斯一想到要在那里过夜，再大的痛苦也就不成其为痛苦了。为此，他急不可待，恨不得脚下生风、身上插翅。森图姆塞利供应食宿的驿站是他旅途中比较愉快的驿站之一，遗憾的是，在罗马的耽搁意味着他的到达将被推迟到深夜。

供应食宿的驿站（mansiones）是仅供换乘的驿站（mutationes）的放大版。粗略的经验法则是，每 8 个仅供换乘的驿站之后就有一个供应食宿的驿站。在供应食宿的驿站里，人们不仅可以换马，这里还提供一张过夜的床铺、一顿像样的餐点和一个热水澡，以缓解一天骑行的筋骨劳顿。曾经有一段时间，提图斯的行程会在一天骑马到达森图姆塞利后结束，他携带的信息将传递给工作链中的下一个信使。当然，这是古波斯制度中的做法，奥古斯都皇帝在设立帝国邮政之初就效仿了这种做法。

为了尽早获悉各个行省发生的情况，他（奥古斯都皇帝）设立了道路驿站。起初，这些主要道路沿线的驿站都定期由青年人值守。后来，换成了固定的快车信使。奥古斯都认为，个体的信使最为有用，因为快邮送信人身处拟写急件的现场，所以有需要时就能向他们询问更多的细节。

苏维托尼乌斯《神圣的奥古斯都传》49

然而，过去是过去，现在是现在。事实上，提图斯当下执行的使命就是一个很好的例子，说明为什么皇帝们更喜欢让他们的信使全程携带邮件。在提图斯运送的邮件中就有发给第二十英勇凯旋军团特使的信件，身为军团指挥官，他的军团目前正在不列颠尼亚行省北部地区修建哈德良长城。

皇帝并不怀疑这位特使的忠诚。然而，哈德良在元老院树敌太多，他想完全确保整支罗马军团的指挥官不在敌人之列。因此，提图斯除了向不列颠总督传递官方信件之外，还要认真听取他将代表皇帝亲自向总督传达的一些微妙问题。

返回罗马后，提图斯将再次呈递这份官方邮件。然后，他将前往帕拉丁山上一个鲜为人知的办公室，向政府密探的首脑人物口头汇报他与行省总督私下谈话的结果。这就是皇帝更愿意派一个可信赖的信使远道而行的原因所在。根据这一制度，不仅由一个人全程负责邮件的安全和完整，而且信使还可以携带过于敏感而不能写在羊皮纸上的言语信息。

作为这样一个值得信赖的帝国信使，提图斯多次奔走不列颠，当然并不总是从罗马出发。哈德良是一位经常外巡的统治者，提图斯回忆起自埃及去往英国的数次漫漫征途时仍然不寒而栗，当时皇帝正在巡视埃及行省。夏季的长途旅行简直就是小菜一碟，因为盛行风自东向西吹过地中海，信使只需挥舞手中的公文，就能登上亚历山大港—奥斯蒂亚航线上的谷物巨轮。

然而到了冬天，情况就不同了。在此期间，来自埃及的信使需要沿黎凡特海岸向上航行，然后转向内陆，穿过波斯门到达安纳托利亚腹地，避开西里西亚不可逾越的岩石海岸。然后，有一段时间，这位帝国信使就骑行在他的前辈半个多世纪前曾经走过的皇家大道上，彼时他们传来了马拉松战役中波斯战败的消息，也为悲痛欲绝的马其顿传递了亚历山大去世的消息。

每到一个供应食宿的驿站，提图斯都会打听前方道路的情况。高卢在过去罗马统治的一个世纪里已经完成了道路的全面铺设，但提图斯仍然需要避开强盗活动、道路施工和洪水等危险。鉴于提图斯现在即将离开罗马城门，如果诗人和信使之神墨丘利让他加快脚步，三周后他就能在不列颠的总督官邸享用早餐，这样的预期也并非不合情理。

现在，提图斯又停下了脚步。这一次，没想到的是，有一个班级的学童和他们的老师出现在他面前的人行道和道路上。提图斯耐心地等待着慌乱的文法教师把他的学生赶到路边。真希望伦底纽姆那边的办事员们能更有条理一些；当提图斯开启返回他现在正要离开的这座拥挤不堪的城市的漫漫归途时，他能够在一个更好的时机离开。

夜晚的第十二个小时

（06：00—07：00）

学童早课

可恶的老师！鸡未打鸣，你就用你那刺耳的声音打破了寂静。

马提雅尔《隽语》9.68

就像每一个上学的日子一样，普布利乌斯·菲里森姆的早晨是从他焦急地看着老师清点人数开始的。到目前为止，班里已有 15 个人拖着脚步从道路上挪开，让帝国信使通过。像普布利乌斯的老师这样的识字人是由学生按日付酬的。如果他班里少于 20 个孩子，他就会出现收支不平衡。这可不是一件好事。

首先，这意味着课堂不得不像现在一样开在露天中，而不是在对面的廊柱大厅里。到目前为止，廊柱大厅是较好的选择，因为它可以遮风避日，而且旁边还有长凳，普布利乌斯和他的同学们可以坐在那里。每当这位识字人无力贿赂廊柱大厅的看护人，让他们进去上课的时候，或者廊柱大厅有官方活动的时候，普布利乌斯和他的同学就只能盘起双腿可怜巴巴地坐到人行道上，让蜡板在膝盖上局促地摇来晃去。普布利乌斯不喜欢这样；这让班上的其他同学心情烦躁，人行道的其他使用者也不太喜欢这个想法。

说不进大厅是件坏事的第二个原因是，这给识字人带来了坏心情，他会将这种情绪发泄到了学生头上。如果老师得知班里给他取了“奥比留”的绰号，他可能真的会很高兴。那可是诗人贺拉斯的老师的名字。而贺拉斯为老师取的绰号则是“鞭挞者”（plagosus），因为他可以自由使用鞭子。当然，普布利乌斯的老师也从来不会把鞭子收起来，那是一个随时搁在他身边的皮质小玩意儿。就像大多数罗马人一样，他认为将教育强加于他的受教育者身上并没什么错。就是出于这个原因，他在获知贺拉斯的一些知识已被他的学生铭记在心的时候才会感到十分满意，不管他们应用这些知识的意义有多么贬损。

教师的劳动值价多少？无论如何

（低于修辞学老师挣得的微薄收入）

无情的教仆很想咬上一口……

至少要确保你有所斩获，
因为呼吸了灯和男孩们身上的恶臭，
当你手上的贺拉斯（作品）已显陈旧，
烟尘沾上你发黑的维吉尔。

虽然很少有人不诉诸法律就能取得报酬，
但家长们对校长极为苛刻，
要求他的语法使用必须严谨，
熟悉历史学家，了解伟大的作家，
做到了如指掌。
…………
他们会要求他精雕细琢那些纤弱的形体，
犹如在蜂蜡上雕刻脸庞，
他必须充当孩童们的父亲……
要看护好所有的男孩着实不易，
他们的手和眼都在急切地颤抖，
心中充满狐疑。

"嗯，那是你的工作，"家长们说道……

尤维纳利斯《讽刺诗》7，1216ff

普布利乌斯重新坐到人行道上，很高兴地看到又来了一群叽叽喳喳的学生。老师也看到他们了，尽管他一看到那边的教仆就拉长了脸。到来的这群学生中大多数年龄都在 6 到 10 岁之间。太过年幼，还不能独自在罗马大街上溜达，街

身着正装的罗马学生

上危险太多，所以大多数父母会雇用教仆，通常是一个奴隶，来护送孩子上学。有时，同住一个街区的家长会联合起来共雇一个教仆，眼下就是如此。

教仆还带上了钱去付孩子当天的课时费，老师之所以拉长了脸是因为他知道这个教仆不宰上一刀是不会把钱付出去的。然后，在奥比留和教仆结清账目的同时，两组学生合并到一起，这样一来全班人数就达到了 27 人。大家都如释重负地站起身来，朝着廊柱大厅走去。

我去拜访时，一个年轻人走上前来向我致意。我问他是否在上学，他说："是的，在梅蒂奥拉努（米兰）。"

'为什么不在这里？'我问。

年轻人的父亲陪在他身边，回答："这里没有老师啊。"

"怎么会没有？"我问。碰巧当时有多位父亲在场，所以我告诉他们，"孩子应该在家乡接受教育，这一点对父亲来说至关重要。"

…………

"如果大家共同出资，每个人只需支付一小笔费用，你们就可以（在这个镇上）雇到一个教师……我甚至愿意自己承担所有费用，只怕我的慷慨会被一己私利所败坏，就像我在其他地方看到的那样。"

"只有一个办法可以防止这种情况的发生，那就是让家长雇用教师。如果他们必须承担一部分的工资，他们就会认真地雇用合适的人。你不能给你的孩子买到比这更好的礼物了。”

小普林尼《书信集》6.13

“嘿，巴尔！”普布利乌斯身边走来一个瘦骨嶙峋的红发孩子，他咧嘴笑着向他打招呼。这个孩子叫凯斯，他的名字和红发全都归因于他的高卢父亲。他和普布利乌斯都有着共同的外来者身份。正如普布利乌斯的家姓菲里森姆所表明的那样，这个部族是闪米特人，来自北非的大莱波蒂斯城。因此，普布利乌斯就有了巴尔的绰号。他的绰号曾经是更具侮辱性的“汉尼拔”。但是班里的混血儿们并不能因为任何人的背景真的对他们挑三拣四，如果他们要挑的话，对象就是他们的老师，他们时常背地里窃笑他的出身。

像许多教师一样，奥比留是一个获释奴，即使在温暖的日子里，他的脖子上也会戴着围巾，以遮掩之前的主人命令他在那里刺上的奴隶文身。正因为很多教师从前都是奴隶，所以罗马人对这一职业很不尊重。事实上，奥比留的地位已经低得不能再低了，因为人们对罗马教师的尊重程度往往随着他们教学水平的提高而提高。罗马最初级的教师，譬如奥比留，只是一个识字人。只要他教出的学生能读、能写、能做基本的算术题，并对古典文学有一定的了解，那么他通常就被认为是成功的。在这种水平上，一个勤奋的教师——奥比留就非常勤奋，尽管他经常对学生们拳脚相加——每年有望挣得大约 180 个第纳尔。这相当于任何其他职业一个熟练工人薪水的一半。即便是级别高于奥比留的修辞学教师也赚不了多少钱。难怪诗人尤维纳利斯曾经说：“许多教师都会对教授椅的清苦感到遗憾。”[1]

在这个例子中，“教授椅”是一个高背而相当破旧的木制物件，奥比留把它从廊柱大厅的凹室里拖出来，用一块破旧的羊毛垫子精心装饰了一番。奥比留用鞭子抽打了一下椅子的扶手，示意开课，普布利乌斯和凯斯立刻停止嬉戏打闹，正襟危坐。

“疲惫的埃涅阿斯……寻求最近的海岸……”[2] 老师缓缓吟诵着，孩子们在蜡板上疯狂地写着记着。口述维吉尔的《埃涅阿斯纪》是奥比留最喜欢的教学方式之一，因为这可以同时教授孩子们古典文学和写作。罗马人非常热衷于死记硬背，一般来说，一个优秀的学生想要成功所需要的就是良好的记忆。

据说卢修斯·沃尔塔西利乌斯·普罗提乌斯曾经是

1 *Satire* 7.203ff.

2 原文为“Defessi Aeneadae, quae proxima litora…”。译文参见《埃涅阿斯纪》，（古罗马）维吉尔著，杨周翰译，人民文学出版社，1984 年第 1 版。——译者注一个奴隶，甚至还当过看门人，按照古老的习俗，被用铁链锁住，后来他因为自己学识方面的才华和兴趣而获得自由，并成了一名教师。

苏维托尼乌斯《论修辞家》3

就普布利乌斯个人而言，虔诚的埃涅阿斯和他英勇的特洛伊人都可以去最近的粪坑把自己淹死。他看不出古典文学方面的知识对他的未来有什么用处。如果他要继承父亲的制革生意，他当然需要知道如何读写，因为家人在非洲仍然有生意往来，经常需要交换货物，例如用廉价的牛皮换成品靴子。写好一封信的能力在这里必不可少，因为糟糕的语法或拼写表明作者是一个可能被精明商人利用的乡巴佬。

然而，发表辞藻华丽的演讲，或者根据一个涉及赫库芭母亲的双关语编制精巧的言辞隐喻，都是留给那些将要进入下一阶段的罗马教育的人的事情，在这里，古典文学的知识实质上就是一种身份的象征。与这些有志成为上流社会成员的人不同，普布利乌斯打算在五年后成年的那一刻离开学校。在 14 岁成年的时候，普布利乌斯将正式脱下那件紫边的儿童袍（嗯，实际上，这个家庭根本买不起托加长袍，届时将租一件用于迎接他成年的仪式），穿上一件纯白色的（也是租来的）成人托加长袍。

“愚钝且不可教化的人当然存在，但就像其他天生的怪物和畸形人一样，他们为数不多……如果良好的学习预期随着时间的流逝而消失，这不是因为缺乏天然的亲和力，而是因为缺乏维持它的谨慎。”

“没有比（教师）更加险恶的人了，他们只掌握了最基本的知识，便把自己包裹进他们误认为的知识的外衣之中。他们拒不遵从更好的教导，在自己的权威中变得凶猛而专横（这种人通常被权威冲昏了头脑）。他们教给别人的只有自己的愚蠢。”

有人说，7 岁以下的孩童不应该送去学习，因为在那之前，他们既不能理解所教授的内容，也吃不消这份苦头或不能坚持学习下去……然而，那些持这种观点的人可能更多考虑的是老师而非学生。

昆体良《雄辩术原理》第一章节录

想到自己成人的时刻即将来临，普布利乌斯心不在焉地伸手摸了护身符，这玩意儿几乎从他出生以来就一直挂在他的锁骨上。每个孩子都有一件这样的东西——一个装满了护身符和吉祥物的小皮囊。这只小皮囊陪伴他度过整个幼年时期，直到取得成人合法身份的第一个生日。也就是说，它将陪伴他到 14 岁，届时普布利乌斯将把小皮囊交还父母，就

像当年他姐姐结婚前夕那样。童年结束了，学校教育也就结束了。普布利乌斯已经急不可待。

当然，这并不是教育的终结。就像一个优秀的罗马家长那样，老菲里森姆非常重视他作为一家之主的角色。将独子送到识字人那里只是孩子所受教育的一部分，在某种程度上说只是相对次要的部分。“请放心，没有什么比让孩子接受教育花费更少的了。”诗人尤维纳利斯在《讽刺诗》中颇为尖刻地写道。事实上，奥比留只为自己的授课收取了微薄的报酬，但普布利乌斯知道，他从父亲那里得到的教育更加重要。

如何分辨牛皮是不是天然的厚度，还是被巧妙地延展变大，从而变得更加值钱；该与哪些畜贩联系才能买到用作肉食销售的牲畜；如何把一只死去的野狗的皮剥下来，把它变成一副不知情顾客看来质量上乘的儿童皮手套。这个，那个，还有许多许多别的东西都是普布利乌斯所渴望得到的教育，他只能通过和父亲一起工作来获得，而不是因拼错“defessi”（精疲力尽）就得伸出手来挨鞭子抽！

普布利乌斯叹了口气，准备迎接一个漫长的早晨。像每个罗马学童一样，他对复杂的罗马历法了如指掌。严格说来，他的教育可能每天持续 12 个小时。所幸通常每个月都有 10 到 12 个公休日，在此期间，法律禁止奥比留教课，偶尔还会规定更长的假期。譬如，每当外巡的哈德良皇帝决定返回罗马，通常还要举行至少两周的庆祝活动。

今天，普布利乌斯的日程已经排满了，只有午餐时可以休息一会儿。明天他只能学习半天，因为工作坊需要他，后天是假日。与此同时："这些……礁石……意大利人把它们叫做祭坛……"[1]

亲爱的老师先生：

可怜可怜你那些单纯的学生吧。好吧，如果你想让很多蓬头垢面的小伙子来听你讲课，让围坐在你桌子边上的人都爱你，那么就请便吧。这样就不会有更多的学生聚集到算术老师或速记老师周围。

抛开你那可怕的斯基泰皮鞭（就像阿波罗用来抽打玛息阿的那条），还有那令人敬畏的手杖，那是你的权力之杖。

让它们双双沉睡，直到10月初！现在是燃烧的狮子座炽热明亮的日子，7月的酷热成熟了生机勃勃的庄稼。夏季已经来临。可否让你的孩子健康度夏，他们已经累得够呛了。

马提雅尔《隽语》10.62

---

1 原文为"Saxa vocant Itali mediis quae in fluctibus aras…"。译文参见《埃涅阿斯纪》，杨周翰译。——译者注

白天的第一个小时
（07：00—08：00）

议员拜谒恩主

“但是在世上的国王和领主中
真正的硬汉毫不畏惧，
他也不会被吓倒
无论是金子的熠熠生辉
还是紫袍的光彩夺目。”

卢克莱修《物性论》2.5

当议员匆匆赶去拜谒他的恩主时，廊柱大厅里学生们的吟诵让他想起了这首诗。曼利乌斯·奥勒留·奥费拉本人也是罗马元老院的议员，因此从严格意义上讲，他凭借自己的力量也堪称世界上的领主之一，这一事实偶尔会给奥费拉带来一阵令人啼笑皆非的苦楚。眼下，奥费拉并不觉得自己能够主宰什么。

事实上，奥费拉的肉体和灵魂都为一位更加资深的议员——卢修斯·凯奥尼乌斯·康茂德所拥有。是凯奥尼乌斯资助了奥费拉进入元老院的，当时奥费拉只是一个相对富裕但野心勃勃的西班牙无名小卒。是凯奥尼乌斯支付了在竞技场举办比赛的巨额费用，当时奥费拉还只是市政官，正攀爬在元老院议员的梯子上。是凯奥尼乌斯把奥费拉介绍给了他那有点穷酸但出身上层贵族的妻子，而且还极有分寸地资助了她的大部分嫁妆。

如果认为凯奥尼乌斯这样做仅仅因为他是一个富有的慈善家，出于善心与奥费拉交朋友，并且一直照顾他的最大利益，那就太好了。但如果是这样的话，奥费拉也就不用急匆匆穿过早晨的人群，赶来向他称之为主人的人致意了。

来吧，告诉我们！你什么时候睡得更安稳些，现在还是在你成为恺撒的“朋友”之前？

答案马上就出现了。“我以诸神的名义求求你，别再嘲弄我的命运了。你不知道我的处境有多么凄惨。我根本睡不着觉。”

因此，当你看到一个人违心地对另一个人卑躬屈膝，抑或阿谀奉承，你可以自信地说，他也不是自由的。他这样做不仅是为了蹭上一顿微不足道的晚餐，甚至是为了谋得总督或执政官之职。但那些为了蝇头小利而这样做的人，你可称之小奴；而其他的人，如其应得，则可称之大奴。

无论何时，只要一个人可以被另一个人任意阻碍或强迫，你就可自信地断言他是不自由的。不要看他的祖父和曾祖父，也不要追查他是被买来的还是被卖出的；如果你听见他发自内心地喊出‘主人’，那么就管他叫奴隶吧，尽管他前面有12条束棒护卫（即他是一名执政官）。如果你听见他说“我受到如此对待，真够可怜的！”，就管他叫奴隶吧。总之，如果你见到他为自己哭泣、抱怨、痛苦，就管他叫奴隶吧，尽管他衣服上有（议员的）紫色镶边。

爱比克泰德《爱比克泰德论说集》第一章（据托马斯·温特沃斯·希金森英译）

奥费拉前面有几个保镖，他们直接把逗留在那里的人推到小巷里或道路上，为他开路。没人特别反对这样做，因为罗马人有着强烈的等级意识，而奥费拉显然是一个级别很高的人。他托加长袍上的紫色条纹证明了这一点，跟在他身后的随从也证明了这一点。毫无疑问，奥费拉想，许多看着他

进步的人都很妒忌他，而不是他妒忌对方。

也许，如果奥费拉选乘轿舆会更好办些，那是一个舒适的、衬有垫子的箱体，由6个身强力壮的奴隶担在肩上。然而，奥费拉知道晨明时分的街道会很拥挤，也知道乘坐轿舆比走路还要慢。很多年前，舰队司令克劳狄乌斯的太太就在一条同样拥挤的街道上被困在她的轿舆里动弹不得。沮丧之余，她大声宣泄自己的失望，称她的丈夫，一个刚刚丧失了一支舰队和数千人马的极端无能的指挥官，还没有杀死足够多的罗马人来消除拥堵。这种情绪实在不太受人待见。

游行队伍中的罗马议员，采自公元3世纪石棺

无论如何，奥费拉仍然怀有远大的军事指挥抱负，他打算趁着还没被恩主抛弃的时候去东部军团谋上一官半职。因此，像一些颓废的半吊子那样懒洋洋地躺在轿舆里可是不行的（尽管恩主有时就被嫉妒他的竞争对手如此指责）。不行！奥费拉要一如往常举步前往恩主的官邸，因为他打算举步走在第五马其顿军团的队伍前面，或命运和皇帝的突发奇想可能差遣他去往的任何地方。

并不是任何一个官职都能让部从——以及他们的继任者——与恩主撇清关系，除非是法律指定的宝座上的高官（即高于平民市政官的职位）。

回到罗马后，他在市民广场附近为自己建造了一座房子，正如他自己所说的，这是因为他不愿意让那些敬重他的人长途跋涉，或者因为他认为距离是他门可罗雀的原因。

普鲁塔克《该犹斯·马留》5 和 32

今天早晨的队列行进之所以特别轻快，是因为奥费拉在黎明前就起床了，他要去和门客谈事，其中一个门客与自己的门客发生了问题，需要他来解决。这个问题就是，有一对夫妇离婚了；尤利乌斯·海普塞茨，即现在的前夫，按照法

律要求，必须归还嫁妆。然而，部分嫁妆目前已被投资于一家商业企业；如果尤利乌斯现在撤出现金，他将遭受重大损失（他抱怨说，这正是他那报复心切的前妻的意图）。尤利乌斯已向他的恩主说明了自己的问题，恩主也已将这个问题和他提出的解决方案交给了奥费拉。

解决方案是奥费拉从尤利乌斯的企业里买下他的份额，然后用这笔钱来偿还嫁妆。因为作为议员，奥费拉不应该参与肮脏的商业活动，所以这笔投资现在名义上是以奥费拉的门客，即前夫的恩主的名义担保的。照目前的情况，尤利乌斯的利润将在他自己、奥费拉和尤利乌斯的恩主之间一分为三，但至少他不会亏损。

庇护制度

正是为了这种交易，门客—恩主关系才在罗马得以维持。这也是为什么没有哪个罗马人会梦想脱离恩主的原因，无论他是街头乞丐还是议员。罗马法迟缓而昂贵，大多数法律问题通常都能在不涉及律师的情况下得到解决，前提是门客—恩主制度运行顺畅。把问题向上提交到庇护链的足够高处，最终将会找到有足够权威的某人来解决，或者代表对立双方门客并能强制决议的两个大人物。

也正因此，一旦某个潜在的恩主获得了任何权威，他便会立即开始寻找门客。许多门客不仅为恩主增加了声望，往往还是恩主完成工作的工具，这一点奥费拉十分清楚。

对于可怜的尤利乌斯来说，由于这个前夫犹豫了很久，致使大部分文书工作都必须在特定的时间、地点完成，事情变得复杂了。情况就是这样，现在奥费拉必须加快步伐，以免因为延迟而让他的恩主蒙羞。

凯奥尼乌斯身为非常资深的议员，而且是哈德良咨询会成员，他显然不会亲自处理离婚和投资一类的小事情。然而，他仍然需要像奥费拉这样的议员，而他们也一样离不开他。事实上，凯奥尼乌斯之所以成为一位非常资深的议员（据传是潜在的皇帝继任者），原因之一正是他有这么多的门客。元老院的门客将支持凯奥尼乌斯提出的任何法案，阻挠他的任何对手。他们有望为他的演讲欢呼，为他的开销捐款，并在投票结果接近时竭力让不结盟的议员站到凯奥尼乌斯的一边。

作为门客，即使他在权力和威望方面远远高于街面上的任何人，奥费拉也不是他自己的主人。他的命运不由自己主宰，完全受制于他的恩主。如果他的敌人成功击败了他，那么凯奥尼乌斯几乎肯定不会有好下场。哈德良已经处决了十多个令他不悦的议员，而凯奥尼乌斯可能会很轻易地就名列其中。作为凯奥尼乌斯的门客之一，奥费拉肯定会为此付出代价，虽然不一定会丢掉性命。相反，举例来说，他最终可能获取他梦寐以求的军事指挥权，尽管在不列颠哈德良新长城末端某个阴暗潮湿的地方担任一个小型驻防要塞的指挥官可能并不太受人青睐。

或者，如果有人认为把可能反叛的军队的指挥权交托奥费拉太危险，那些推翻凯奥尼乌斯的人大概就会建议：由于罗马的空气太不健康，奥费拉可能更愿意迁到别的地方去。比如说，托马。对于一个声名狼藉的议员来说，黑海岸边也许不是生活的好地方，但也可能别无选择，除非他想死在罗马。元老院对那些失宠的人是无情的，叛国罪的指控很容易被用来对付那些不接受暗示并离开这座城市的人。

由于失败的后果如此严重，奥费拉和凯奥尼乌斯的其他门客一样，全心全意为恩主效劳。他的旗帜已经钉上了桅杆。即使他的恩主明显处于下风，奥费拉也不能易帜。按照要求，奥费拉已经公开并多次坦陈恩主对他的恩典。在这些恩典全部得到报偿之前，奥费拉不可能离开他的恩主而不招致最强烈的指责——忘恩负义！

然而，尽管他们应该受到责备，他们甚至没有表现出起码的感激之心，竟然连自己的亏欠也不承认，但我们自己也应该受到同样的责备。我们发现许多人忘

恩负义，然而我们还在使更多的人这样做，因为一会儿我们以严厉苛责的语气要求别人为我们的慷慨做出一些回报，一会儿我们自己又薄情寡义，为我们的付出而后悔，一会儿我们又脾气暴躁，容易对一些琐事吹毛求疵。这样一来，我们便摧毁了所有的感激之心，不仅在我们付出之后，也在我们付出之时。

塞涅卡《论恩惠》1.1

对于奥费拉这样的人来说，成为忘恩负义之人无异于社会性自杀。没有人会跟他说话，和他打交道，或者保护他。他将成为元老院每一个阴谋的替死鬼和替罪羊。很自然，他的妻子会立马与他离婚，带走他无法偿还的嫁妆（早上那桩交易的翻版），奥费拉会因此而形单影只、身败名裂、无依无靠。沦落到这一步，他还不如乘船去往托马，除非负担不起这份盘缠。

前方是奥费拉一路快步奔去的庄园。他一到达那钉满钉子的橡木大门前，一个仆人就急匆匆地跑出来把门拉开。奥费拉的随从随即退了下去，准备在主人和他的恩主再次出现在进见者面前时再小心翼翼地走出来——把所有的家臣都带进恩主的庄园是极不礼貌的行为。

在门厅里，一个奴隶帮奥费拉脱下上街的靴子和斗篷。与此同时，奥费拉谨慎地询问奴隶他是否准时到达，早了还是晚了，谁排在他的前面。那里已经至少有一名资深的现任地方法官；奥费拉明白这一点，因为他看到有几个扈从，即这个地方官的侍从，在门边闲荡，手里拎着束棒——此人官阶的官方标志。

当然，凯奥尼乌斯不会用侮辱性的名称——受保护者，来称呼一个地方法官。即使是奥费拉也不会受到那么粗鲁的对待。凯奥尼乌斯会称他们为朋友，并假装对这个社交性称呼感到高兴。事实上，凯奥尼乌斯和眼下身边任何一个地方法官之间的关系都很容易以一种真正的友谊作为开端。然后，这位地方法官需要得到帮助，只有皇帝的心腹才能安排，而凯奥尼乌斯正是这个能够安排的人。之后，可能会有一个小小的政治难题需要处理，而凯奥尼乌斯已经“帮忙”给妥善解决了。

如果这个地方法官能以同等价值回报这些好处，那么他们的友好关系就能得以维持。事实上，这就是罗马所有政治“友谊”的精髓所在。正如他们挂在嘴边的 Manus manum lavat[1]，以一只手去洗另一只手。但是，当恩典无法得到偿还时，啊，问题就出现了！一旦这种情况发生，接受了恩典的那个人的地位就会慢慢地由朋友滑向受保护者，这一点尽人皆知。罗马人的这则讽刺性笑话并非虚言：“我恨你，只因你为我做了如此之多。”

1 字面意思为“左手洗右手”。——译者注奥费拉知道他的进见会如何进行。会有最高品质的茶点。凯奥尼乌斯将会很礼貌地询问他妻子的健康状况和他们年幼孩子的成长情况。然后，奥费拉将以传播议员流言蜚语为幌子，报告自己和议员同事们的活动。他将提到他在分配的任务中干得如何干净利落，这些任务包括收买一名军队指挥官，以及谨慎地贿赂另一个指挥官。他将继续他迄今为止徒劳无功的任务，寻找凯奥尼乌斯竞争对手的敲诈材料，并为自己的劳而无功接受斯文的斥责。

接下来，同样斯文且毫无胁迫之意地，凯奥尼乌斯将向奥费拉部署他心中盘算的接下来一周的任务。“如果你能为我做这件事，我亲爱的朋友……”“这岂不是一大令人愉快的惊喜，如果能说服马库斯……”“我从来就不喜欢那个昆图斯。如果有人买下他的营生，把他扔到大街上，那岂不是很可悲吗？”如此种种。奥费拉微笑着，点了点头，赶紧记在心里。

首先要确定的是，当有人邀请吃饭时，你会收到你过去所有付出的全部报偿。

一顿饭是你伟大的友谊带给你的回报；大人物会把它记在你的账上，虽然不是经常，但他依然会记在你的账上。

因此，假如几个月后，他兴致所至请上那个被他遗忘了的门客过来，以免让那张最低矮的沙发的第三个座位空着，并对你说“过来和我一起用膳吧”，你会多么欣喜若狂啊！你还能期望什么呢？

现在，特雷比乌斯终于获得了报偿，为此他必须缩短睡眠时间，匆忙到连鞋带都无暇系上，生怕在星星渐渐暗下来的时辰，所有来访者都已离去。

尤维纳利斯《讽刺诗》5.2

奥费拉回想起那天早上他在街上看到的人，他们个个都感到惊讶和欣慰，因为突然发现自己站在一位罗马元老院议员面前，而他是罗马最伟大的人物之一，当时的罗马是地球上最强大的帝国。如果这些人知道他实际上只是一个行走的傀儡、一具空心的木偶，他们会做何感想？

白天的第二个小时

（08：00—09：00）

维斯塔贞女取水

pilentum 是华丽的四轮马车，但其两侧都是敞开的，任何人躺在豪华柔软的坐垫上都能看到大部分的街景。因此，当奥费拉议员离开恩主家时，玛西亚清清楚楚地看到了他。

“讨厌的小人，”她并没有特意对谁说，“去吧，躲到我的车子下面去，干吗不去呢？”事实上，尽管玛西亚表面上尖酸刻薄，但她终归是一个和蔼可亲的人，如果奥费拉真的选择了那条捷径，她会很难过的。偶有行色匆匆的街痞会很遗憾地发现这一点，试图偷偷躲在这辆高轴马车下面溜过马路会被处死。马车并不神圣，但车上的人神圣，任何可能被认为轻慢她的举动通常都会招致杀身之祸。

因为玛西亚是一个维斯塔贞女。她的大部分生活都被一些晦涩的仪式所占据，如果她自己或其他人出现了（仪式上的）疏忽或（行为上的）失误，她也会受到严厉的惩罚。事实上，玛西亚现在就在执行一项宗教使命。这是她比较喜欢的工作，为此她已经与一个维斯塔姐妹做了调换。

车的后面放着两只大银瓮。玛西亚正往这些瓮里灌水，这些水将在清晨的仪式上用来清洗和净化维斯塔祭坛。当然，还有许多水源近在咫尺，但维斯塔的用水应该取自一眼特定的圣泉，这是为女神及其侍从保留的。这就是卡佩门（the Capentian Gate）附近的厄革里亚之泉。此门位于罗马南面——事实上，它是沿著名的阿庇亚大道进入城市的大门。

玛西亚特意绕道去那里，因为她很喜欢在繁华与喧嚣的都市里穿行。选择这条非同寻常的路线的另一个原因是给那些不期而遇的死刑犯第二次机会。卫兵们不时将某个男子拖到行刑地——例如，卡皮托利山附近的塔尔皮亚岩——的途中，可能会在维斯塔贞女履行职责时碰上她的侍从。当然，卫兵们会为她们让路——执政官、护民官甚至皇帝都必须这样做——然后，如果维斯塔贞女愿意的话，可以行使她的权力，当场把那个死刑犯放了。

由于那些行刑的人具有一定的责任感，他们要确保不将死刑犯带上维斯塔贞女获取神殿圣水时常走的那条道路。然而，玛西亚喜欢给她的女神一个可能行使仁慈的机会，像卫兵一样，她也不走通常的路线。

结果，她瞥见了议员奥费拉，他的恩主凯奥尼乌斯授予他一个小祭司头衔。在罗马，祭司都是政治性任命，维斯塔贞女们根本不介意。这是因为维斯塔贞女大多为来自大贵族家庭的富余的女儿，因此，她们对政治有着和其他家族成员一样浓厚的兴趣。维斯塔贞女会参加一些祭司学院举办的宴会，这是一个捕捉政治八卦的绝佳机会。

挑选维斯塔贞女

至于甄选贞女的方式和仪式，除了说首位被指定的贞女是由努马王（Numa rex）甄选之外，确实不存在任何古老的记载。不过我们发现《巴比亚法》（lex Papia）规定由大祭司长自行甄选 20 名童女（6—10 岁之间），在民众大会上进行抽签，抽中者被大祭司长取获，成为维斯塔贞女。

然而这种根据《巴比亚法》进行的甄选现在不再被视为必要。如果某位出身高贵的人士找到大祭司长，提出要把自己的女儿献给此神职，只要在不触犯宗教原则的条件下考虑她的候选人资格，元老院都会让他享有《巴比亚法》的豁免权。[1]

奥卢斯·革利乌斯《阿提卡之夜》1.12（勒布译，1927 年版）

1《阿提卡之夜》：（古罗马）奥卢斯·革利乌斯著，此处参考周维明等译文，中国法制出版社，2014 年第 1 版，第 1 卷第 12 章。——译者注

在一次宴会上，圆滑的奥费拉曾试图通过贿赂、哄骗、威胁玛西亚，让她指控某个下级护民官非礼了她。如果这一指控是由维斯塔贞女提出的，就将导致一个无辜之人在罗马广场被鞭打致死。玛西亚愤然拒绝了。然后，该议员暗示她可能会亲自提出指控，并声称这种暧昧关系是两厢情愿的。

这是所有维斯塔贞女都要面对的可怕威胁。她们的贞洁是女神的圣物，如果维斯塔贞女失节，罗马将付出火灾、饥馑、地震或军队毁灭的代价。即使是一个曾经的维斯塔贞女，她也是神圣的，决不允许处死她。既不能把她葬在城里，因为她辱没了自己的使命；也不能葬在城外，因为她仍然是维斯塔贞女。她会被葬在城墙里面。因为不允许任何人杀死维斯塔贞女，所以她会被活埋。实际上，她会被迫沿着梯子爬进一间镶嵌在墙上的小屋子里。在那里，有水，有灯，也有唯一一餐饭，她就被禁锢在那里直至活活饿死。

所以决不能让他得逞，玛西亚不喜欢奥费拉。她常常在想，如果奥费拉的威胁有后续行动，女神是否会像几个世纪前为贞女杜西亚所做的那样为她挺身而出。因为受到诬告，杜西亚把水送到维斯塔圣坛，证明了自己的清白。然而，她是从台伯河取的水，而非圣泉，而且她用的是维斯塔贞女用来提纯祭祀用的圣面的筛子，而不是瓮［这种面粉被称为mola，这就是把献给神的牺牲说成献祭（immolate）的原因所在］。

公元1世纪的维斯塔贞女浅浮雕

一个失节的维斯塔贞女之死

而破坏自己保持童贞誓言的处女，则要被活埋在科林（Colline）门附近的地方。那儿一道小土丘沿着城墙的内侧延伸一段距离，土丘的拉丁字是“agger”。丘下筑了一座小屋，有木梯从上面通到这里。屋内有一张带铺盖的卧榻、一盏点着的灯和少得可怜的一点生活必需品，比如一点面包，一碗水，牛奶和油，仿佛要以此洗刷施刑者的责任：即用饥饿摧毁一个曾奉献给最崇高的宗教仪式的生命。

然后，罪犯被安置在担架上，上面覆盖着被褥并用绳索拴牢。所以外界听不到一丁点的喊叫声。担架被抬着穿过广场，那儿所有的人都默默地给它让道，一言不发地尾随着它，心情极度沮丧。再也没有别的景象更令人震惊了，再也不会有别的日子比这一天给罗马城带来更多的阴郁了。

普鲁塔克《努马传》[1]

多亏了维斯塔女神（也许还有水表面的张力和筛子上的

1《希腊罗马名人传（上）》，（古希腊）普鲁塔克著，黄宏煦主编，陆永庭、吴彭鹏等译，商务印书馆，1990 年，第 1 版，第 141–142 页。

细孔），杜西亚没有溢出一滴水，因此被证明是清白的。尽管如此，每当罗马出现问题，遭到指控的总是维斯塔贞女的失节。在罗马千年的历史中，尽管流言蜚语层出不穷，也只有 10 个维斯塔贞女正式遭到失节的指控。然而，如果我们还记得维斯塔贞女的机构比罗马城更加古老，而罗马城的创始人罗穆卢斯和雷穆斯的母亲自己也是一名维斯塔贞女，她自称遭到了战神马尔斯的强奸，那么这个数字就会上升到 11 个。

还有一次，人们怀疑一定是维斯塔贞女们行为不端导致了罗马局势的恶化，因为人们相信其中一位维斯塔贞女让维斯塔圣火熄灭了。这确实是维斯塔贞女常犯的过错。

维斯塔贞女的数目固定为 6 人，圣坛的火也不是很大，但必须在短时间内定期为它添加柴火，而这项工作只允许维斯塔贞女来做。因此，这占用了维斯塔贞女大量时间。白天的活计倒不复杂，6 个小时的轮班可以用来阅读卷轴，与突然进来的同事聊聊天，不时往火上添加几根柴枝。

然而，到了维斯塔贞女深夜轮班时，可能是在罗马斗兽场度过了激动人心的一天之后，或者甚至是在观看了冬季农神节运动会上的角斗士比赛之后（维斯塔贞女有前排专座），情况就不同了。坐在闷热的房间里打盹儿，然后惊恐地醒来，发现圣火已经烧到了最后的余烬，这对维斯塔贞女来说简直是司空见惯，玛西亚远非唯一。

大祭司长负责此项检查。好吧，现在大祭司长既是罗马的大祭司，又是罗马的皇帝，所以他用不亲自检查，而是派随从去办。如果发现火已熄灭，那么皇帝就负责鞭打维斯塔贞女。在此之前，他必须亲自将两片 felix arbor（一种圣树）木头放到一起使劲搓，搓出火苗重新把火点燃。这是一桩耗时、恼人又烦琐的差事，无疑会在救赎仪式的鞭笞环节到来时为皇帝的手臂增添额外的力量。

因此，玛西亚愉快地将守护火焰的任务换成了外出取水。瓮里的水不能溢出，如果溢出了，就需要再跑一趟圣泉。当然，这还涉及一些小小的仪式和向仙女厄革里亚（圣泉的主人）的祷告，这一切的实施每次都不能出现差错。不过，玛西亚是第二阶段的维斯塔贞女了，现在的她对这些小仪式早已驾轻就熟。

维斯塔贞女的职业生涯为期 30 年，分三个阶段。在为期 10 年的第一阶段，维斯塔贞女是学生，如果这在外人看来是一段很长的时间，那么对于学生来说肯定不是，因为她们必须在这期间学习深奥的经文、怪异的礼仪和数量惊人的罗马法律（与大多数女性不同，维斯塔贞女可以出庭做证，并经常接受代管合同、遗嘱和其他重要文件的要求。此外，在维斯塔贞女面前宣誓的证词与在法庭上宣誓的证词具有同等效力）。

维斯塔贞女职业生涯的下一个 10 年都用于实践所学，最后 10 年用于向下一代传授付出艰辛后获得的知识。在那之后，一切归于结束。维斯塔贞女已经履行了她的职责，如果愿意的话，她可以在接下来的三十年里，在排解各种压抑已久的愤懑情绪的同时，把整个小镇涂成红色。

实际上，没有哪个维斯塔贞女真会这样做。事实上，极少有人结婚。维斯塔贞女一般都在 40 岁出头退休，富有，独立，拥有贵族家庭背景。为什么这样一个罗马最自由的人会想委身于丈夫，玛西亚实在无法理解。大多数前维斯塔贞女都持同样观点，所以她们通常都保持单身，继续住在维斯塔贞女的神殿里。如果她们真的要找恋人，也会非常谨慎，往往会到其他地方去找。

而且——有人一直在统计——一些数据对未来的丈夫来说也不太好。出于某种原因，那些娶了维斯塔贞女的丈夫很少能活过一两年。虔诚的人相信，即使是温柔的炉灶女神维斯塔也会妒忌与凡人分享那些曾经只属于她的人。玛西亚敏锐地意识到自己身体内有某种不正当的萌动，暗自怀疑，枯竭可能也是一些丈夫过早死去的因素之一。

马车颠簸着驶向卡佩门（马车可能很豪华，但与所有类型的罗马车辆一样，它的弹簧性能也极差，因此厚垫子与豪华同样十分必要）。玛西亚漫不经心地思考着各种各样莫名其妙的情形，一个职业贞女到女神圣泉中取水，而人们崇拜女神主要为的是受孕和怀孕（厄革里亚也非常热衷城市立法、预言和大地母亲仪式，因此作为女神，她有着非常多重的职能）。

据称，厄革里亚与维斯塔贞女的关系可以追溯至罗马第二任国王努马·庞皮留斯。他是一个头脑清醒、相对平和的人，喜欢在橡树林中休憩。在这样一片正由玛西亚光顾的山泉浇灌的小树林里，他遇见了仙女厄革里亚，友谊很快发展成了更深层次的关系。国王与国家的发展和生育象征性地联系在一起，因此这种发展和生育也应该通过其家庭与炉灶女神维斯塔和国家分享。再者，根据传说，是努马建立了维斯塔神殿，让维斯塔贞女搬进神殿，并将他遇到厄革里亚那个地方的山泉交由她们照管。

火焰守护者

努马接管后，并没有侵扰库里亚的私人炉灶，而是在卡皮托利山和帕拉丁山之间建起了一个由他们共享的公共炉灶（因为这两座山已经被一堵墙连成了一座城市，而建有神殿的罗马广场位于其间）。他按照拉丁人的祖传习俗，规定由贞女们负责圣物的守护……

他们认为圣火是献给维斯塔的，因为那位女神就是地球，占据着宇宙的中心位置。她自己点燃了天上的大火。但也有人说，除火以外，女神神殿里还有一些圣物，不便向公众展示，只有大祭司和贞女们才知晓。

哈利卡尔那索斯的狄奥尼修斯《罗马古事记》2.66

将维斯塔装满水的瓮拖回马车上很是艰难，但玛西亚认为，与在宁静的小树林里独自待上几分钟相比，这只是一个小小的代价。在这里，城市的喧嚣被微风中橡树的低语和小溪轻轻拍打岩石发出的声响所滤去。现在，瓮里装满了水，也塞好了塞子，玛西亚将斗篷披在亚麻斯托拉（*stola*）上，准备回家。

斯托拉是罗马早期流行的一种简单的服饰。社会压力要求维斯塔贞女举止端庄，衣着素雅。当维斯塔贞女玛西亚起身登上马车的时候，她并不知道，两千年后，一尊衣着相同、姿态一样、头戴王冠的巨型女性雕像将矗立在纽约港前面，手里高高擎着自由的火炬。

白天的第三个小时

（09：00—10：00）

法学家议案

第三个小时，律师们活跃了起来。

马提雅尔《讽刺诗》4.8.2

虽然只相当于上午 9 点，但现在是罗马工作日的中段时间。街面上人越来越多，维斯塔贞女玛西亚的马车渐渐慢了下来。罗马人不仅起得很早，他们基本上就生活在户外。即使对一些富裕的罗马人来说，“家”也不过是一个用来睡觉和存放衣服的小隔间。

和朋友一起吃饭和社交都是在公寓楼底层或者街道上许多便宜的餐馆和酒馆里完成的。洗浴都是去公共浴场，厕所是公共设施，通常也在大多数公寓楼的底部。娱乐节目由街头剧场提供，而更具鉴别力的类型则由刑事审判的参与者提供。

正如人们可能对那些主要生活在公共场所的人所期望的那样，罗马人非常戏剧化，也喜欢戏剧化。一桩高质量的诉讼案件的公开审理让参与者置身于真实的表演之中。审判是公开进行的，因为即使是轻微的盗窃案——比如偷了一件斗篷——也可能导致严厉的惩处，被告、被告的辩护人，甚至法官的表演，都为旁观者提供了有趣而真实的场景。

一个被判死刑的小偷最终可能会穿上火刑袍（涂满了易燃材料的短袍）出现在竞技场上，点燃它纯粹是为了取悦观众。因此，就有这样一则冷酷的罗马笑话："贼偷了件短袍。为了遮住图案，他抹上了沥青。"

因此，任何被控有罪的人都会寻找他能找到的最好的法律代表，这并不奇怪。然而，事情绝非那么简单。首先，在罗马的诉讼案件中代表被告的不是职业律师。嗯，反正不是正式人员。他们应该是非专业人士，因为他们应该是被告的朋友或同事；他们肯定是非专业人员，因为他们不获取报酬（当然，事实上，被告会要求他的恩主为他找到可能的最佳辩护人，而恩主自己也可能参加审判。在这种情况下，被告根本就成了他的当事人）。

其次，罗马的诉讼案件一般都在日出时开始，黄昏前结束。这样就不会给控辩双方提供太多时间，所以通常情况下，案件的很多事实都是事先达成一致的，双方都集中精力说服陪审团只讨论有争议的细节。

法庭大厅目前正在审理的案件引起了人们的极大兴趣，因为它涉及一桩众所周知的丑闻。一名女奴毒死了她主子的情人——她对罪行供认不讳，但声称自己是按主子的吩咐去做的。据该奴隶的说法，她之所以这样做，是因为害怕如果她不从就会遭受可怕的惩罚。主子否认下达过任何类似的指令。他声称，此奴隶曾经是他的小妾，当他为了一个自由的女子而抛弃她时，出于嫉妒，她毒死了那位新欢。这一辩解遭到了广泛的质疑，因此这位主子现在正因犯有煽动谋杀罪而接受审讯。

这位接受审讯的主子是知名商人，案子吸引了不少观众。廊柱大厅里挤满了人，由于开庭时那里没有太多空间，甚至还一度将一群学生毫不客气地赶了出去。除了裁判官（地方法官）和他的随从、被告和他的朋友、证人以及陪审团之外，还有这个供认不讳的投毒者和她的随行看守。

结果，观众们从敞开着的廊柱大厅涌向街头，在那里既阻碍了维斯塔贞女玛西亚载水归来的马车，也阻碍了受到裁判官传唤的法学家盖尤斯。作为法学家，盖尤斯是帝国官僚机构的一员，因此必须听命于裁判官。这通常意味着，他一接到通知就得立即离开他那堆满卷轴的办公室，按指令为此类案件提供咨询。

至少今天天气晴朗。然而，盖尤斯羡慕他的一些前任，像穆奇乌斯·司凯沃拉这样富有的贵族业余爱好者。他们对法律的兴趣纯粹是学术性的。他们不需要一接到通知就必须离开书斋，投入涉及真实人物的实际审理中去。虽然盖尤斯热爱法律，但他更愿意尽可能少地与法律适用人群打交道。当然，他从不喜欢在拥挤的人群中推来搡去，让人们不断地冲撞自己，说不定还会把卷轴从他怀里撞掉。

盖尤斯非常期待有一个安静的早晨来翻阅皇帝奥古斯都和提比略的法律信函，并试图根据皇帝对判决请求的答复建立一套法律原则，因为判决关系到每个人、每个城市，甚至整个国家。现在，他非但不能用一个安静的早晨来阅读一个已故皇帝的信件，他将不得不就一桩骇人听闻的案件发表意见，而那一大群呆头呆脑的下层民众则在那里旁观着，脱口吼出一些极为外行的建议。

庞贝廊柱大厅。法官坐在一个可以通过小木梯上去的高台基座上

在等待盖尤斯到来的时候，裁判官一直试图表现得面无表情而坚忍自持，实际上却心急如焚，如坐针毡。他一见到法学家在人群中挣扎，便立刻向扈从们示意，赶紧为盖尤斯开辟一条通往法庭的道路。盖尤斯能理解裁判官的些许恼怒。这个宝座可能是罗马高级法官威严的象征，但坐久了也很不舒服。它本来就不是为了舒服而设计的。更确切地说，之所以设计这种狭窄且无靠背的硬座椅，为的是鼓励坐在上面的人尽快处理完国家的事务。

坦率地说，裁判官已经厌倦了聆听被告女儿歇斯底里的哀号，她们就是为哀号而来的。女孩们头发蓬乱，稚嫩的脸上布满了泪痕，她们紧紧拽住父亲的托加长袍，哀求陪审团不要判他死刑而让自己成为孤儿，去面对一个残酷、冷漠的世界。

为了配合这个场景，这位父亲穿上了黑色托加长袍（这是丧服的颜色，这种托加长袍通常是出租给葬礼用的，而不是出租给法庭上的被告穿的）。这位父亲没刮胡子，这向世人表明，他太过烦躁而不能让他挨近剃刀。如果判决于他不利的话，他将恳请朋友、同事，甚至任何一个过往的行人照顾他的宝贝孩子，眼泪同时顺着他的脸颊唰唰往下流。这种情况已经持续了一小时之久，虽然观众似乎很喜欢，但法庭上的官员们开始显得有些疲惫不堪了。

这甚至还算不上是审判，而只是预审。裁判官的出现是因为在畏惧他的人心里，他简直就是法律。当他被任命为城市裁判官时，他首先要宣布自己将遵循前任所确立的先例中体现的哪些法规。根据他的判断，在他今天以及日后的任期内，他将为后代制定新的法规。由于该城市裁判官本人不是律师，他在做出任何不可撤销的决定之前，都需要与盖尤斯和他的同事等法学家进行非常密切的磋商。除此之外，哈德良皇帝对法律事务有着浓厚的兴趣，而现在坐在裁判官宝座上的这个雄心勃勃的贵族也不希望被他的皇帝视为无能之辈。

罗马人的地方法官拥有颁布法令的权力，但最高权力属于城市裁判官和海外裁判官的法令，海外裁判官的管辖权归各行省总督所有；同时也属于显赫的民政官的法令，其审判权由罗马行省的检察官代为行使，因为在皇帝的行省都不任命检察官，因此，后面的这项法令就没有在这些行省公布。

法学家的回答就是那些被授权界定法律的人的决定和意见。

盖尤斯 1.6–7

这就是他派人去找盖尤斯的原因。他必须决定的第一件事是，被告是否犯有代理人投毒罪，或者该奴隶在实施犯罪的过程中是否超越了代理人的权限。有些事情，你甚至不能

强迫奴隶去做。如果确定情况如此，即使他命令她去犯罪，被告也不能对其奴隶的行为负责。

回到罗马共和国时代，事情就容易多了。那时，用老加图的话来说，奴隶就是奴隶，不过就是“会说话的工具”。然而，在帝国更加文明的世界里，法律承认奴隶制是一种不自然的状况，那些因出生或不幸而遭受奴役的人，和其他任何人一样都是人。因此，围绕着奴隶的权利及其与主人的关系，各种各样的法律问题层出不穷。例如，奴隶主可能被迫卖掉被判定受到野蛮对待的奴隶；为了节省医疗费用而抛弃生病的奴隶，主人就会被判定为疏忽释奴。如果奴隶康复了，他或她也就顺理成章获得自由了。

在这种特殊的情况下，根据裁判官推测，奴隶知道领命投毒是公然违法的。因此，既然现在的法律承认奴隶是有思想的理性人而不是工具，她的正确反应就应该是向当局告发主人。这一原则，即奴隶可以告发正在犯下严重罪行的主人，可以追溯到最早的共和国时期，当时就有一个名叫温蒂克图斯（Vindictus）的奴隶以叛国罪告发了自己的主人。

这个奴隶被证明是正确的，并且被认定为行事正确［就因为这个，在未来的几千年里，一个被证明行事正确的人就被称为 vindicated（行为正当）］。裁判官认为，这一先例意味着，如果今天在他面前的这个奴隶继续杀戮，那就不是因为受到威胁，而是因为毒死商人的情人完全符合她自己的意愿。因此，这是一种自愿的行为。然而，原告，即死者的家人，也在现场并冷酷地面对着他。裁判官裁定代理人投毒的起诉在法律上不成立之前，很想听取盖尤斯的意见。

《艾里亚和森迪亚法》规定，奴隶如果被主人戴上镣铐，或被打上烙印，或因某种过错而遭受酷刑并被定罪，或被送去与他人或野兽搏斗，或与角斗士格斗，或被关进监狱，之后被同一主人或另一主人释放，就应该获得自由，并与无条件投降的敌人同属一个阶级。

《法学阶梯》1.13

在这种情况下，他特别需要谨慎，因为起诉商人的人自己就熟知法律，这是众所周知的。虽然裁判官表面上偏向死者家属一方，但他怀疑在投毒案发生之前，控方律师并未见过他们中的任何一个人。然而，他是被告席上商人的知名竞争对手，最喜欢的莫过于将竞争者扼死。

顺便说一句，这里的扼死当然是字面意思。如果裁判官允许此案继续审理，而商人又被判有罪，那么死刑将自动生成。因为商人是罗马公民，他将免于竞技场上丢人现眼的惩罚，也不会被钉死在十字架上。相反，囚犯将被带往图利亚努姆的牢房，这里是罗马的监狱，一旦到了那里，就会被刽子手迅速粗暴地扼死。之后，奴隶们将用钩子钩住尸体，把它拽到台伯河边，像扔垃圾一样扔进河里。这种可怕的景象无疑足以使商人的女儿们歇斯底里。

盖尤斯在旁听者议论纷纷之际到来。他已经大致了解了案情，裁判官迅速向他说明了控辩双方的法律立场。法学家点头赞同裁判官的意见，即奴隶不可接受主人的指令实施犯罪。否则，罗马将迅速陷入无政府状态，因为主人可以命令奴隶随意抢劫、殴打和杀害他人，他们知道如果被抓，可以否认对方是自己的奴隶。

但是，裁判官询问道，也许情况正好相反。主人对奴隶来说实际上是代行父母义务者（从责任上来说），因此对那个奴隶的行为就负有直接责任。盖尤斯果断地摇摇头。在罗马，奴隶享有太多自由，这种方法显然行不通。盖尤斯认识一些奴隶，他们经营自己的企业，拥有自己的奴隶，有时连着几周地都见不到主人。事实上，有一整套的商法规定，如果奴隶经营的企业出现问题，主人应当承担什么样的责任，以及在主人不知情的情况下，奴隶可以代为签署什么样的合同（盖尤斯期待着一旦找到时间，就将这部法律整理成单行本）。

裁判官努力使自己表现得很有尊严，同时扭动身子以减缓他麻木的臀部所承受的压力。椅子是按照它的规范在发挥作用，裁判官越早从椅子上站起身来，他就会越开心。他喃喃地提出了一个建议，盖尤斯点头表示赞同。事实上，裁判官已经提出了盖尤斯打算提出的解决方案，而且在他携带的卷轴中就可以找到合适的先例。然而，法学家认为，现在不宜对这一问题做冗长的法律阐述。

当裁判官发布前书时，他站到了后面。这里的前书其实就是一套规则，一组案件审理时将用于本案的法律要点。裁判官在案件的前期工作阶段需要任命一名法官，确定实际审判的日期并提出他的方案。前两项在等待盖尤斯到来的时候已经做了处理，所以就只剩下前书。在裁判官宣布的时候，旁听者也都安静下来。

"根据我前任的判决，我的裁决是，在当前情况下，任何人都不能充当代理人。投毒者选择杀死她的受害者，而不告知她的主人，所以罪行是她一个人犯下的。"他停顿了一下，以便让随之而来的欢呼声和嘘声渐渐平息下来。

"然而，我的判断也是，被告可能被指控 coniuratio ——一种阴谋投毒罪。因此，如果陪审团乐于证实被告是犯罪同谋，无论是通过鼓励犯罪，还是通过获取毒药，或者通过为投毒者提供接近受害人的途径，他就是共犯，应该被判处死刑。法官应该作出如此裁决。"

盖尤斯急忙探过身去，急促地在裁判官耳边嘀咕着。尽管贴得很近，他也必须提高嗓门，才能盖住这几个十多岁女儿的哀号让对方听见。裁判官气呼呼地瞅了盖尤斯一眼，示意他保持沉默。"经过商议，我修改了我的方案，以澄清这样一个事实，那就是必须证明，如果被告确实允许接触受害者，这就是出于投毒的故意。在不知晓投毒者意图的情况下允许接触，就不构成认定被告有罪的理由。满意吗？”

裁判官看着盖尤斯，从嘴角边喃喃道出这最后一句话。法学家心不在焉地点了点头。他已经开始收拾卷轴，准备随裁判官一道离开人群，然后乐滋滋地回去继续研究奥古斯都的信函。

《法学阶梯》的发现

法学家盖尤斯编纂的一套法律观点集是罗马法最具影响力的文本之一。这一文本（被称为《法学阶梯》）最终被巨著《查士丁尼法典》所取代，后者后来成为欧洲许多法律的基础。《法学阶梯》曾被认为已经永远消失，而该文本也确实消失了1500年。

后来，在19世纪初，一位学者在意大利一家图书馆细读圣哲罗姆著作的古代文本。他注意到，这个文本是写在羊皮纸上的，之前的文本已经被擦掉了。所幸，在适当的照明条件下，这一文本可以重现。于是，法学家盖尤斯的著作终于重见天日。

白天的第四个小时
（10：00—11：00）

少女绝交男友

我现在痛心不已，一个纯洁少女纯洁的双唇，却为你肮脏恶臭的唾液玷污了。

卡图卢斯《歌集》78b

"看路，傻妞！"

当米伊里娅迎面撞上了一名怀抱卷轴的法庭官员时，几乎没听见这一警告。她站起身来继续往前跑，她的仆人一边啧啧有声，一边撩起长袍下摆，朝她追去。

他们根本不该在法庭上出现。米伊里娅和她的仆人要去广场菜市挑些蔬菜，一时心血来潮，才决定顺便去法庭看看，因为她的挚爱克林妥要随裁判官一同到庭（他的名字其实不是克林妥，那是一个代号。克林妥实际上是马库斯·阿尔比努斯，裁判官的一名初级文员。米伊里娅之所以使用代号，是因为如果父亲发现了她与这个小伙子的关系，情况可能会对他不利）。

你无法相信我对你的思念有多热烈。这种思念几乎完全是由爱和我们很少分开这一事实造成的。现在我几乎整夜躺在床上无法入眠，一心都在思念着你；在白天，我的双脚不知不觉把我带到你的房间。当然，你不在那里，我只得悲苦而返，如同一个被抛弃的情人。

我只有在处理法律案件和困扰朋友们的案件中弄得筋疲力尽时，才能摆脱这种折磨。所以，当我唯一的慰藉成了辛劳，唯一的解脱成了别人的不幸和焦虑的时候，你可以想象我的生活是怎样一番情形。

小普林尼致卡尔珀尼亚，《书信集》74

并不是说这种情况再也不会发生。当裁判官在等候一些文件或证人出现的时候，克林妥从他的岗位上悄悄溜走，来到聚集在法庭大厅周围的人群之中。米伊里娅一想到她的克林妥已经看见了她，要来偷偷陪她一会儿，她的心就怦怦直

跳。在她挤过人群去迎接他的时候，克林妥被一个穿着短到大腿根的裙子的红发女孩截住了。

米伊里娅大惑不解，停住了脚步，仆人见状拉起她的手臂，试图把她拽开，她却全然不顾。关于克林妥与那个女孩之间关系的任何怀疑很快就被解除了。克林妥朝着大厅匆匆瞥了一眼，见裁判官正与某个官员进行深入磋商，于是将女孩拉到一根柱子后面，挑逗性地深吻了一下，女孩报之以热烈回吻。

目瞪口呆的米伊里娅不知在那里站了多久。最后，裁判官离开了大厅，而她的克林妥最后给了那个红发女孩一个拥抱，还在她的身上抚摸了一下，才匆匆追着雇主而去。此时，泪眼模糊的米伊里娅已经逃离遭人背叛的现场，就在她跑出大厅的当儿一头撞上了法学家。

她的家就在自埃米利安大桥延伸过来的道路的十字路口上，离举行听证会的屋大维娅柱廊不远。所以不出几分钟，米伊里娅便从受惊的看门人身边冲了过去，逃回了自己的房间，猛然扑倒在床上，将头埋进枕头里伤心地啜泣起来。几分钟过后，仆人来到门边查看一下受她照顾的人，只听到屋内呼哧呼哧的喘息声，便明智地离开了。

过了一会儿，米伊里娅平静下来。她确信，她与那个骗子猪的关系已经结束了，这一点毋庸置疑。她的仆人说的对，她是富商的女儿，一个小小的法律文员于她简直就是不配。他置她所承担的风险于不顾，也不顾她愿意无视二人之间地位上的差异，竟然对她如此轻慢——咳！这几乎和背叛一样令人痛心。她现在知道，她再也不想见到他了。他一定还在期待着下午她那顺从的仆人悄悄给他捎去消息。好吧，就让这消息尽可能刻薄，当然也要十分庄重，以向克林妥表明，他失去的不是什么街头流莺，而是一个真正的淑女。

到目前为止，你这个有抱负的恋人，我的缪斯告诉过你应该去哪里寻找猎物，应该如何布下陷阱。现在，必须把你相中的女人迷住并牢牢控住。所以，诱惑者无所不在，注意我现在要说的话，因为这是我经验中最重要的部分……

首先要确定这一点。没有你不能赢得的女人，只要你确信你能赢得她。鸟儿在春天停止歌唱，蚱蜢在夏天保持沉默，野兔转身追逐猎犬，女人却无法抵御年轻恋人甜蜜的求爱。

奥维德《爱的艺术》

幸运的是——克林妥浑然不知——苏尔庇西娅将是她的向导，因为她早先发出的情书全都出自她那里。苏尔庇西娅已经是好几辈前的古人，但是米伊里娅最珍爱的藏品就是

《提布卢斯与普罗佩提乌斯哀歌集》，书中保留了苏尔庇西娅的多首诗歌。苏尔庇西娅生活在奥古斯都皇帝统治时期，但她写诗的时候正是米伊里娅这个年龄。16 岁结婚对罗马贵族女孩来说已经很晚了（许多人在 13 岁或 14 岁时结婚），但是像米伊里娅这样一个商人的女儿结婚可能会晚些，在 18 岁成熟后吧。两个女孩都知道被禁止的浪漫的黑暗刺激，以及对试图控制自己一举一动的老一辈人的懊恼。

一个身穿希顿长袍的女孩在玩羊拐
（藏于伦敦大英博物馆）

罗曼史（基于父母的角度）

你让我为你的侄女找一个丈夫……如果没有米尼修斯·阿奇里阿努斯的话，我可能就得寻找很长时间……他的相貌高贵英俊，这一点不容忽略，因为女孩应该找一个俊美的男子才配得上她的童贞。

既然我们要为你找女婿，我也许就不该提及任何关于金钱的事情，但是任何人都想知道他非常富有……如果你希望自己的孩子和他们的后代幸福的话，那么实际上任何一个寻找丈夫的人都应该考虑到这一点。

普林尼致朱尼厄斯·毛利古《书信集》1，14

"Hic animum sensusque meos abducta relinquo，arbitrio quamvis non sinis esse meo!"（他知道我对这次绑架的感受，还是忽视我内心的意愿！）[1]当米伊里娅读到苏尔庇西娅生日当天被从罗马带走，离心上人远去而发出的苦涩抗议时，她立刻与这个女孩产生了共鸣。她和自己一样，不能去哪里或必须去，能见谁或不能见谁，总是受到限制。

她回想起最后一封写给克林妥的信时，脸颊上不禁泛起一抹红晕，那封信完全是从苏尔庇西娅那里摘抄而来的。然

1 Sulpicia 2，7–8.

而这也没什么好丢人的。只是苏尔庇西娅比她自己更能倾诉衷肠罢了（苏尔庇西娅 6）：

我的光亮，也许你并不爱我，
就像我几天前认为的那样，
如果我年轻的时候，
曾经做过什么蠢事的话，
比如把你一个人扔在那里。
要知道我之所以这样做，
为的是将我炽热的欲望隐藏。

米伊里娅的下一封信将仿照苏尔庇西娅的第一首诗来写，原本打算趁父亲外出离开罗马，并说服了那个惊恐万状的仆人睁只眼闭只眼之后，立刻寄出：

维纳斯信守了她的诺言，
把我的爱带进我的心房，
将我的幸福故事向
那些觉得我错失了幸福的人传扬。
我必须把这封信交给那个
在产生这种错觉之前会去触碰它的人吗？
但是，还会出现另外一种羞愧，
如果你把你的容颜与声名相匹配。

所以，这务须向世人申明……

泪水沿着面颊唰唰往下流着，米伊里娅低声念叨起这记忆已久的最后一句诗行：cum digno，dignafuisseferar（找一个值价的男子吧，因为我自己就值价）。

她早就计划好了。待他们的爱情瓜熟蒂落，她和克林妥将非正式结为夫妻。当她告诉父亲这个消息时，他一定会勃然大怒；但米伊里娅总有办法让他依从自己。只要看到他们之间的爱出自真心，而且这份爱给他的女儿带来了莫大的快乐，他肯定会回心转意。

我的莱斯比娅，让我们尽享生活爱恋，
严厉的老家伙尽可牢骚怪话，喋喋不休，
在我们眼里，却一文不值！
太阳落下去，还会再度升起；
可是我们，待短暂的光亮消逝，
便只能在长夜里昏睡，永不醒来。

卡图卢斯《歌集》5

这样，他们之间的关系就不再是秘密了：克林妥将成为

马库斯·阿尔比努斯。两人结婚后，他将不再伺候裁判官。他将接管父亲的生意，成为他的女婿和未来继承人。为了这一切，为了他们未来的共同生活，克林妥已经抛弃了那个红发婊子！

米伊里娅小心翼翼地捧起她昨天下午藏到房间里的小册子。现在，它向她的恋人传递的将不再是温暖而热切的信息，而是冰冷、疏远的诀别。这本小册子由两片薄木板构成，上面的一侧扎有两个孔，用细绳系起。每片木板的内侧都涂有一层蜡，米伊里娅用尖利的手写笔把自己的信息写到上面。事实上，因为她在蜡上写下情书，所以蜡［拉丁文中是 cerinthus（克林妥）］就成了阿尔比努斯的代号（取自苏尔庇西娅的另一个创意）。

阿尔比努斯其实只是个粗通文墨的笨人，他从来不懂得读诗的乐趣（现在看起来，他的弱点是多么显而易见啊！），所以就不妨直接从苏尔庇西娅的诗句中摘取完整的信息。她对男友的摒弃做得优雅又不失尊严，却也带去了伤害——这正是米伊里娅想要的。她先把铁笔深深地戳进蜡面，都已经划到了后面的木板。那绝对不行。这表明她的情绪已经失控。她在蜡烛上烧热一块扁平的圆刃刀片，然后将蜡面熨平，重新写：

好啊，谢谢你让我看清了你这个骗子，

因此我才未丢人现眼

那个骚货可能编织了自己华丽的托加长袍
你更喜欢的是她
而非马里（Mari）的米伊里乌斯的女儿，米伊里娅
（他们有点为我担心，
唯恐我嫁给一个社会地位低下的人）

米伊里娅重读了这几行字。当然，这是苏尔庇西娅信里的第四首诗，只是她用“米伊里娅，马里的米伊里乌斯的女儿”代替了原文中的“苏尔庇西娅，塞尔维的女儿”。遗憾的是原文中的 Sulpicia Servi Filia（苏尔庇西娅·塞尔维·菲利亚）承载着几个世纪贵族铭文的厚重感与庄严感。你如果是胡椒商人的女儿，这就根本无法获得。另一方面，前面的几行非常尖刻，暗示克林妥的情人，即他另外的相好，非但是劳动阶级，还是一个妓女（她们是罗马唯一穿托加长袍的女性）。

总体而言，米伊里娅在用细绳的两端将两片木板绑到一起时，感觉到了某种冷酷的满足。她想象着阿尔比努斯从他的小傻瓜那里得到想象中另一条甜蜜信息时的扬扬自得，和接下来意识到自己终于永远失去了她时的恐惧与绝望。

然后，米伊里娅想到，正如阿尔比努斯失去自己一样，自己也失去了他。她一头扑倒在枕头上，又开始流泪了。

白天的第五个小时

（11：00—12：00）

石匠劳作在帝王陵墓上

罗马把干活的时间延长到了第五小时。

马提雅尔《讽刺诗》4.8.3

由于事务关系，裁判官来到战神广场。米伊里娅的仆人也到了罗马的运动休闲区，向裁判官随行人员中那个年轻人传达她诀别的信息。

仆人穿过拥挤的街道时，暗自思量着，自共和国时代以来，这片运动休闲区到底是如何大幅度缩小的。从前空旷的田野上，现在到处都是纪念碑、楼房、陵墓和神殿。例如，这里正矗立起一座雄伟的穹顶建筑，它将是哈德良皇帝赐给他的城市的永恒礼物之一——重建的万神殿，献给所有奥林匹斯神明的圣殿。

早期的战神广场

再也没有比庞培、神圣的（尤利乌斯）恺撒以及奥古斯都的朋友们更热心的建筑者了……战神广场汇集了大多数这类建筑，其规划的远见卓识使得它们为这个地方增加了自然之美。

广场非常之大，实因为战车比赛可以与马术竞技同时举行，其他民众则可以通过滚圈、打球和摔跤来自娱自乐，因为这个地方一年四季都绿草茵茵。

所有这一切，以及那些坐落在河边，自山巅一直延伸到河堤的艺术品，俨然剧院里的彩绘背景一般，构成了一道捕捉并吸引目光的奇观。

斯特拉博《地理学》5.3.8

在台伯河上，一个更加壮观的桶形建筑物正赫然显现。这不是神殿，而是陵墓。哈德良终有一天会死去并被掩埋，这座埋葬他的不朽建筑将确保他永远不会被人们遗忘。仆人望着正在墓顶打造雕像的石匠小小的身影，心想随着这项在建工程的进行，现在正是成为罗马工匠的好时机。

石匠师傅波斯图穆斯·伽利埃努斯（Postumus Gallienus）[1] 还是赞同这一说法的，尽管他胡须下面的嘴巴里也会嘀咕：一个人是有可能碰上太多好事的。他的技艺非常抢手，这里的“抢手”是个很妥帖的词。伽利埃努斯以善于处理棘手的工艺而闻名。当大理石开始出现细微的裂缝，当一块特别容易裂开的石灰石在凿子的触碰下可能发生碎裂，当粗心的捶击不经意间敲掉了皇帝雕像上的鼻子，这时罗马伟大而优秀的人物就会立即派人将波斯图穆斯·伽利埃努斯召来以扭转局面。

伽利埃努斯有时感到纳闷，父亲的死是不是因为积劳成疾。正如 Postumus[2] 这个名字所示，老伽利埃努斯是在妻子怀上他的遗腹子时去世的。他留下的石匠的院子在儿子伽利埃努斯长大成人之前，一直交由叔叔精心打理。这个叔叔在一起建筑工地的事故中丧生，此前教会了伽利埃努斯家传的石匠手艺（那时哈德良的前任图拉真正在扩建大竞技场，以便容纳更多观众观看战车比赛。伽利埃努斯相信，经过整修的赛道上那些华丽的白色大理石座椅是对他深爱的叔叔最好的纪念）。

虽然只是四十出头，但在每天忙碌之余闲暇下来的时候，伽利埃努斯自己有时也会想到退休。当然，他很富有，但尽管他结过两次婚，两次丧偶，却依旧没有孩子来继承兴

1 Postumus 意为“遗腹子”。——译者注

2 事实上，这是一个错误的词源，但更像是当时就弄错了，而不是现代的错误。

隆的家业。如果随随便便就放弃这个历经两代人潜心打造的商号，那将是一种遗憾。此外，退休在罗马劳动阶级中也很鲜见，他们中大多数人都一直工作到生命的最后一息。然而，不让伽利埃努斯放下工具而住到乡下恬静农场的主要原因却完全不同。

作为一名石匠师傅不仅是伽利埃努斯的生计，也是他的身份。如果不在一块难啃的石头上施展技艺，或者不对一项棘手的工程工作提供咨询，他就觉得自己没有好好活着。与石头打交道——舒适、易于打理的石灰华，坚硬、不易捉摸的花岗岩，华美、高贵的大理石——这就是他生活的全部。放弃这些，到农地里看奶牛排便，与其说是安度晚年的梦想，倒不如说是一场噩梦。

目前，伽利埃努斯承接了一项纪念碑工程。确切地说，整整一个月来他都在奔走于纪念碑之间。仅在当下的工地上就积压着一个月的活计。哈德良规划中的陵墓是一座 48 米高的巨大建筑物，屋顶有花园。花园宽 64 米，到处都有人和马的雕像。之后，还要在整座建筑物的顶部添加一座皇帝驾乘四马两轮战车的巨大雕像。

原始陵墓

mausoleum（陵墓）一词来源于人名，即哈利卡尔那索斯的摩索拉斯（Mausolus）。这位国王（统治着这座小亚细亚的城市，这里是历史学家希罗多德的故乡）就埋葬在一座宏伟的纪念碑里，后来这座纪念碑成为古代世界七大奇迹之一。从那时起，任何一座规模宏大的墓地都被称为 mausoleum。

伽利埃努斯是来修复和重铸其中一尊雕像的。这尊特殊的雕像最初用大理石雕成，刻画的是某个共和国中期的无名小卒。建筑工人到来时，它已经在工地上了，接着就被移走并存放起来，以备日后重新启用。与大多数的“肖像”雕像一样，它由两部分组成：身体和头部。伽利埃努斯的院子里有许多类似的雕像。它们刻画的是穿着军装、摆着运动姿势或沐浴中的普通年轻人的身体。

工作原理是这样的：假设有人想要获得一尊他（或她）自己的雕像。这个将被刻画的人就要去找一个雕刻家，雕刻家将制作一尊栩栩如生的头部雕像，颈部完成后会带上一个标准尺寸的石头楔子。然后，雕像的刻画对象将带上这尊头像，去探访一些如伽利埃努斯这样的石匠的庭院，直到他或她找到一副外形和姿势令其满意又协调的身体。

这些雕像的身体都带有标准尺寸的楔子插槽，所以石匠能够严丝合缝地将身体和头部组合成一尊雕像，随时可以置放到花园、乡村别墅或其他任何地方。这种系统的缺点是，例如，你偶尔会碰到成熟的罗马主妇眉头紧锁的头像装到了正在沐浴的刚过青春年华的维纳斯身体上面。从另一个角度看，它也有优点，其优点在于一旦上述主妇去世了，就可以将她的头像卸下来，换上她孙女更合适的头像（顺便提一句，以这种方式为活着的皇帝雕像重新更换头像则是叛国行为，可能招致违法者不可更换的头颅搬家）。

在这种特殊情况下，用后人来替换这个共和国无名小卒的主张显然遭到了明确的反对，因为他的头已经被牢牢地固定住了。事实上，固定得如此之牢，一个没有经验的工匠在卸下头部时已经导致整个躯干斜向爆裂，上面的一只手臂、半个胸部和大部分腹部摔到地上成了一堆碎砾。伽利埃努斯花了两天时间才将每个部位复原。他注意到，即使这尊雕像的对象是一个无名小卒的话，他显然也是一个富有的无名小卒，因为整尊雕像使用的是上乘的帕罗斯岛产大理石，所以建筑师都想保留它。

伽利埃努斯在躯干的直立部分以 45 度角钻了一个半拇指宽的孔，然后在掉下来的那一块上相应也钻了一个孔。接着他把一根铁条插入孔中，在两个部分的连接处涂上用大理石粉末制成的细混凝土。经过仔细的打磨并刷上油漆（罗马人在雕像上刷上油漆以使其更加逼真）之后，没人看得出接缝。

在处理石头的时候，伽利埃努斯经常也要处理混凝土和水泥。他蔑视那些不能区分这两种材料的人。水泥来自从阿尔巴诺丘陵开采出来的古老火山熔岩流中沉积下来的火山灰（奥古斯都皇帝对这种材料的品质印象深刻，下令这种材料只能用于罗马重要的政府建筑）。水泥与碎石或骨料相混合制成混凝土。许多骄人的罗马建筑，如一些人称作罗马斗兽场的弗拉维圆形剧场，实际上就是用这种混凝土建造的。因此，伽利埃努斯经常被召去帮助决定如何为这些混凝土建筑布上石面，让它们看上去全都是用石头造的。

一旦伽利埃努斯完成了这尊雕像，他就需要召集他的全班人马，赶紧着手下一项工作。这也是一座帝王陵墓——奥古斯都的陵墓，从哈德良未来陵墓顶部的有利位置上举目望去，伽利埃努斯可以看到整个战神广场。在某种程度上，这两座陵墓实际上相互毗连。奥古斯都建造陵墓不仅为了自己，也为了家人。当时，每一位继任的皇帝都堂而皇之地声称自己是恺撒，因此就是皇室的后裔，他们中有许多人——以及他们的妻子和母亲——都葬在同一座陵墓里。这里现在挤满了已故的皇帝和他们的亲属，再也找不到半块空地了（韦帕芗皇帝和他的王朝只好另选他处，但这片墓园后来又为涅尔瓦皇帝重新开放）。

石匠与他的工具（采自波尔多，阿基坦博物馆）

后来，哈德良的前任

图拉真解决了死后人满为患的难题，至少他自己就葬在一根纪念柱的底部，沿柱子螺旋而上雕有他在达契亚战争中取得胜利的图像（伽利埃努斯年轻时曾从事过其中一些浅浮雕工作）。然而，哈德良正确地认识到，如果每个皇帝都效法图拉真的先例，罗马将很快变成布满纪念柱的森林。因此，他着手建造一座帝王陵墓，能够容纳所有在可预见的未来离世的皇帝——尽管存在着瘟疫、暗杀和内战。

哈德良在紧靠埃利安（Aelian）桥[1]的河畔为自己准备了坟墓。他就葬在那里，因为奥古斯都陵墓已经葬得满满的了，自此再也没有人葬到那里。

卡西乌斯·迪奥《历史》49.23.1

虽然现在不再频频接纳亡灵，但这并不意味着奥古斯都陵墓可以静静地破败。除了尊崇帝王亡灵的需求之外，皇陵的破败对当朝皇帝来说是一个可怕的征兆。一个世纪前，奥古斯都陵墓曾经出现过一条大裂缝，人们普遍认为这条裂缝预示着当朝皇帝韦帕芗死亡的来临（事实证明，这种预言

1 该桥由哈德良皇帝于公元 133 年至 134 年建造。因其与附近圣安杰洛堡的历史相关，自中世纪以来被称为圣安杰洛桥。——译者注

是正确的）。对它的忽视可能是厄运的先兆，这一事实本身就足以让皇帝们有理由痴迷于保持陵墓的最佳状态，但事实上，奥古斯都陵墓本身也被视为一座优秀的城市纪念碑。

尽管如此，在42米高处（陵墓顶上的奥古斯都铜像几乎与哈德良陵墓处在同一高度），这座建筑周围有多道土台环绕，看上去几乎是天然的。尤其是整个建筑周围都种满了常青树，既像一座宁静的小丘，又像一座人造建筑。事实上，整个建筑比哈德良的纪念碑略大一些，因为作为皇帝，哈德良很有分寸，不会建造一座比他伟大的前任更大的陵墓。然而，奥古斯都陵墓特意融入并成了优美景色的一个部分。哈德良的建筑，隐现于台伯河之上，属于更加咄咄逼人的结构类型，看上去比实际的还要大。

这些墓葬中最引人注目的当属他们称为陵墓的那座。那是河边一个高耸的巨大土丘。基座是白色大理石，整个土丘一直到顶都覆盖着厚厚的常青树。顶部矗立着奥古斯都·恺撒的铜像，下面是他家人和朋友的遗骸。

后面是一座带有精美长廊的巨大的白色大理石圆形建筑（圣域），这里的甬道简直令人叹为观止……围墙四周是圆形的铁栅栏，里面的地面上长满了黑杨。

卡西乌斯·迪奥《历史》49.23.1

奥古斯都墓前有一座太阳钟，是最早运来罗马的埃及方尖碑。这是伽利埃努斯最喜欢的一种结构体，因为他在阳光明媚的日子里从旁经过时，只要看一眼方尖碑前面的人行道，就能得知一天中的时间，甚至季节。事实上，方尖碑北面的石板上标有一条线，显示一年中不同时间影子的最大伸展度。

诋毁者说，所有这一切的设计只是为了在奥古斯都生日那天，方尖碑的影子能够直接指向奥古斯都陵墓的大门，但持怀疑态度的伽利埃努斯认为这只是一种宣传活动。相反，方尖碑可以通过测量太阳投射的阴影的长度，作为物理证据，证明尤利乌斯·恺撒的历法（后来被改进）确实是在跟踪季节。在共和国的最后岁月里，日历与现实出现了大脱节，致使人们有时在齐踝深的雪中庆祝夏天的节日。

今天，伽利埃努斯将遵照一位帝国高官的指令观摩这座陵墓。埃及的两座普通方尖碑位于陵墓入口的两侧；守墓人报告称，一种霉菌似乎正在方尖碑的背面蔓延开来。伽利埃努斯将查看这一侵染的情况，并建议如何最好地清洗这种稀有的红色花岗岩而不造成任何损害，因为一旦发生损害，就会为霉菌的进一步蔓延提供更好的立足点。与此同时，这位官员的办事员提到，下壁上的一些大理石上可能需要重新勾缝。总的来说，也就几个小时的工夫，然后像往常一样将账单送往帕拉丁山。

好啦，今天这座太阳钟仍在运行。从伽利埃努斯的有利位置上，他可以看到影子的顶端正好停在他午餐的时间点上。石匠收起工具，把它们装进一只袋子，甩到肩上，向助手们吆喝：早班收工时间到。

白天的第六个小时

（12：00—13：00）

午餐时分的酒馆老板娘

在一条昏暗的街道上，姑娘们涌进了第一家酒馆，她们衣冠不整、头发蓬乱。

普罗佩提乌斯《爱情哀歌》4.8

石匠在九柱酒馆门前停了下来。由于停得太突然，致使街上一个路人冲撞到他。陌生人正要开口怒骂，却停了下来，匆匆离开。多年搬弄大石块使得石匠手臂上的肌肉鼓得吓人。

“出什么事了，老板娘？”伽利埃努斯问道，他正从面前的女人身边走过（大家都叫她老板娘，尽管她的名字实际上是莫特丽丝。“老板娘”只是“酒馆老板”一词的阴性词，但莫特丽丝拥有这家酒馆已经很久了，她偶尔也会忘记自己的名字）。

此时，老板娘正斜靠在酒馆门边，拼命地擦洗着，咒骂着。仔细检查后发现，有个破坏分子用木炭把各式各样的阴茎画到了门上。老板娘停下来，将额头上一缕汗淋淋的深色金发撩开，解释道，这些涂鸦是昨晚那个被赶出酒馆的顾客施行的报复行为。

“他无视这个标志。”她说，一边竖起拇指朝着酒馆内指了指。虽然从阳光明媚的街面上看不到，但酒馆主厅的墙壁上画有一幅壁画。画面中，一个年轻人正在疯狂亲吻一个年轻的女奴，女奴穿着一件宽大的黄色连衣裙，正在竭力挣脱她显然并不喜欢的求爱者。下方的铭文写着“Nolo cvm Syrisca”［不准（骚扰）赛丽斯卡］。在过去几年里，这个名字更换过好几次——酒馆女孩，即使是奴隶，往往一有能耐就另谋职业去了。

“这些下贱的市井野汉的问题在于，”老板娘说，“他们都认为除了他们之外，每个人都会跟女佣做爱。这个醉鬼在酒馆里讲了一个“他”偷女孩的故事。昨晚这里来了一帮凯尔特人，他告诉他们，他们是一帮毛茸茸的蠢货，住在西班牙的兔儿洞里，用尿液清洁牙齿（诚然，他们确实用尿液清洁牙齿）。然后，他提出要与他们所有人过过招。结局并不好。但如果你对凯尔特人有所了解的话，这个我就不必再告诉你了。”她对着这些粗俗的画点了点头，“接着就出现了这些图画。他一定是黎明前回来的，但我在午饭时才注意到。”[1]

什锦坚果……饮料 14 阿司，猪油 2 阿司，面包 3 阿司，三块肉 12 阿司，四根香肠 8 阿司。总计 51 阿司。

在赫库兰尼姆发现的酒吧账单，

《拉丁铭文集》4 n10674

老板娘住在她自己的酒馆里。因为这个地方通常营业到午夜——有时甚至更晚，如果市政官宽容的话——她这里不提供早餐。然而，在这里等待午餐还是很值得的，因为九柱是埃斯奎里山下最具吸引力的餐馆之一。这里的葡萄酒实际上是带有葡萄味儿的，而不是这一带常见的尝起来就像是（俗话说）老板用靴子酿造的那种。然而，九柱酒馆最吸引人的还是这个迷人的赛丽斯卡。

最好将老板娘本人形容为“强壮”。这种特质有时很管用，因为当赛丽斯卡为顾客跳舞时，她的脸会被酒涨得通红，头发上还扎着希腊发箍，顾客们肯定都注意到了。即使那些坐在后面凹室里豪华沙发上的人——他们头上戴着玫瑰

1 老板娘在这一小时开始时描述的九柱酒馆事件与诗人卡图卢斯在《歌集》37 中描述的事件有关（后者更加下流）。老板娘的故事与卡图卢斯的叙述如此接近，几乎一字不差地照搬了卡图卢斯的台词。

花环，老板娘打算在日落前不停地为他们斟酒——也会挺直身板，目不转睛。从他们的目光中可以看出，这些人全都恨不得压到女孩的身上去。老板娘手边放着一根山核桃木棒，几乎和她的手腕一般粗。任何人试图让赛丽斯卡的舞蹈由站着跳变为躺着跳，都会先见识一下山核桃木棒的厉害，紧接着就会被逐出屋子。

老板娘之歌

赛丽斯卡在舞蹈，醉态蒙眬，性感万端，
头上戴着希腊发箍
以熟练的节奏扭动腰肢
合着响板……
怎么才能让一个困倦的人
在炎炎烈日下扬长而去，
而不是躺到这里……
饮着随时斟满的酒盏？
来吧，休息一下你疲惫的身体
在这阴凉的藤蔓下
头上戴着玫瑰花环
一面偷偷吻着青春少女
那芬芳的双唇。

伪维吉尔《老板娘》

这不能完全归咎于顾客。许多罗马小酒馆同时也是妓院，就像其他酒馆也被用作客栈或寄宿公寓，或者将所有此类业务结合起来一样。很多酒馆的客人会想当然地认为，酒馆里的姑娘个个都唾手可得，但在九柱这里却非如此。老板娘在道德上并不反对让她的酒吧女卖淫，只是要处理顾客和吧女之间的争风吃醋实在烦人，而且因怀孕而失去好员工也令人恼火。因此，老板娘保持酒馆的洁净不是出于道德，而是为了便利。

老板娘干完外面的活，回到了屋内友好的食客中来。炊烟缭绕，新鲜出炉的面包合着烤鸭和芦笋散发出阵阵诱人的香气，这就是今天的主菜。还有老板娘每天早晨燃烧苹果木时散发出来的香味，以此掩盖陈酒和挤挤挨挨、澡也不洗的人散发的酸臭味儿，而这种气味在任何一家酒馆都在所难免。

也有积极性的交谈。赛丽斯卡现在没有跳舞（因为酒馆里挤满了顾客），虽然顾客们很欣赏这种表演，但他们更欣赏美食。对于在场的许多人而言，第六个小时标志着一天工作的结束，他们是在黎明前一小时开始工作的。现在的计划是饱餐一顿，豪饮几大杯兑了水的葡萄酒，然后回家睡觉，之后再和朋友一起用餐。

因此，赛丽斯卡和另外两个侍女正奔走于长椅之间，忙着端盘上菜，一面温婉地扒开乱摸乱动的手，与老顾客们打情骂俏，互道问候。人们把粗鲁的搭讪称为酒馆挑逗是有原因的，因为从九柱里轻度醉酒的顾客口中是完全讲不出精雕细琢的拉丁隽语的，听者也根本欣赏不了。酒馆向来就是粗俗、土气的地方，而九柱则尽其所能做到这一点。

诗人弗洛鲁斯致哈德良

我不想成为恺撒，
在不列颠游荡，
让我的双膝寒战
因为斯基提亚的霜冻就要降临。

哈德良回复

我不想成为弗洛鲁斯
龟缩在酒吧里，
吃着馅儿饼和豌豆
踯躅酒馆
任由跳蚤侵扰。

埃利乌斯·斯巴提亚努斯
《罗马帝王传·哈德良传》16

就连午餐吃鸭子也是在挑战法律的底线。保守的提比略皇帝禁止售卖饮料的场所售卖食物，尽管尼禄皇帝（他自己

也是一个土财主鉴赏家）允许提供煮熟的豆类和其他蔬菜。从技术上讲，这些法律依然有效，如果当局有利可图的话，就可以强制执行。因此，老板娘需要确保与竞争对手保持良好关系，这家外卖店就在卡斯托耳与波吕克斯神庙附近的街道上（尽管她偶尔也会让顾客中一些比较粗暴的人向这家外卖店主发出一些暗示，告诉他们如果良好的关系恶化，可能会发生些什么事情）。

老板娘挤过人群，停下来与要好的顾客聊天。此时，她警觉的耳朵从一片喧哗声中听到了一种独特的嘎嘎作响的声音。她转过身来，将顾客推到一边，就像一艘谷物运输船在波涛汹涌的海面上行驶一样。两个赌徒正聚精会神地盯着桌子上的五颗骰子，骰子就放在掷骰子用的皮碗旁边。“那是 2。”其中一人坚持说，在昏暗的光线下眯着双眼盯住那颗骰子上磨损的点。“3。”他的同伴坚持道。如果不是老板娘那肥硕的大手紧紧扼住他们的脖子，他们俩很可能就打起来了。

“你们是想让我的执照被吊销吗？”愤怒的酒馆老板咆哮道，“还是你们认为这是农神节？”（农神节——罗马的冬季节日——是唯一允许在公共场所赌博的时间。）两男子尴尬地咧嘴笑着，周围的人就老板娘该如何处置这些违法的骰子大声嚷嚷起来。老板娘巧妙地避开这些瞎起哄的人，将骰子扫进他们的杯子，然后塞到自己的袍子里。“要走的时候来取吧。”她对赌徒们说道。从他们粗糙的带帽斗篷来看，二人都是自由人，并不富裕。永久性地没收骰子不仅会给他们带来经济上的打击，还会让她失去两个老顾客。

老板娘把皮碗连同骰子一起放到厨房的架子上。这是一个狭小而闷热的房间，可以通往后面的小巷。虽然处罚和抗议不断，这条小巷对于酒馆里那些内急无比的顾客来说往往就是厕所之首选。

老板娘还记得上周有一群醉汉涌进厨房，想从这里进入小巷。有一个人从炉子边跑过的时候挨得太近，结果被火给烧着了，当时炉子上正烤着几只瘦骨嶙峋的东鸟。现场一片混乱，拥挤的房间里突然出现了火苗和身上着火的客人，店员们奋力灭火，有人趁机闯进来哄抢食物。有时，老板娘真希望自己是一个男人，可以尝试一种更轻松的职业——也许是莱茵河上某个抗击日耳曼劫匪的军团哨所。

说到劫匪……老板娘闪身潜入后面带围墙的小院子里，察看是否有人偷偷溜进去偷走堆放在后墙上的双耳细颈罐。这些罐里存有酒馆的葡萄酒。每隔几个小时，老板娘就会亲自搬出其中一只高高的酒罐，撬开塞子，把里面的东西倒进小桶、大壶等容器中。酒就是从这样的容器里分发给顾客的，容器上面写有振奋人心的铭文——“Qvivult，svmat Ocane，veni bibe”（“我就是大海，让欲饮者畅饮吧”）。

身着希腊服饰、头戴花环的舞女

塞克斯提兰努斯，你喝得酩酊大醉，
你喝了那么多的水，也会烂醉如泥
你不仅从身边的人那里骗得酒钱，

坐在远处长椅上的人你也没有放过。
这不是来自佩里格尼榨机的劣质酒，
也不是来自托斯卡纳山的廉价酒，
而是装在陈年黑木桶中的马西奇（Massic）葡萄酒
产自欧庇米乌斯时代。
让酒馆老板给你弄些
他拉勒坦（Laletan）酒桶里的渣滓，塞克斯提兰努斯
如果你要喝十几大杯的话。

马提雅尔《隽语》1.26

主屋里陡然增大的吼叫声提醒老板娘还有更多的麻烦。有一群人围在一张桌子旁边，愤怒的赛丽斯卡正在人群中追打某一个人。老板娘用山胡桃木棒拨开人群，只见一条长凳上两个男子正疯狂地扭打在一起，将一餐扁豆和红豆撒得满桌子都是。这种情况并不鲜见——事实上，由于这种情况的频繁发生，老板娘已经在门上张贴了一张逐客告示。在将这两个稍显愕然的斗殴者扔到街上之前，她指着告示向他们呵斥道：ITIS FORAS RIXATIS（到外面打去）。

酒馆里，顾客们又坐下来继续用餐。老板娘若有所思地吮吸着食指，这根指头在她刚才将这两人的脑袋猛烈地撞在一起时不慎被夹，而导致午餐时间的高峰已经结束。这里的

事可以交由女孩们处理。她想偷偷溜出去看看为父亲准备的一份特别的生日礼物。

织工苏切索斯爱着客栈老板的女奴爱丽斯。即使她不爱他，他还是要乞求她的怜悯。

（对方）走开。

苏切索斯：为何如此嫉妒和阻拦？为一个正在遭受虐待、更年轻、更英俊的朋友让道吧。

（回答）这是我的判断。我把要说的全都写下来了。你可以爱爱丽斯。但她不爱你。

《拉丁铭文集》4，1.10.2–3（普里马酒吧）；8258，8259[1]

---

1 庞贝城的其他涂鸦，如掷骰子的人和警告顾客不要碰女侍者，已经成为老板娘故事的一部分。

白天的第七个小时

（13：00—14：00）

水钟匠启动项目

让那个最初发现如何区分时间的人天诛地灭吧……将我悲惨的日子劈成碎片。

罗马剧作家普劳图斯，

引自奥卢斯·革利乌斯《阿提卡之夜》3.3.1

老板娘想送给父亲的是一台时钟，因为像大多数的罗马人一样，他很喜欢餐后小憩。然后，父亲就去澡堂和他的老友们玩球（这种游戏的罗马版本是手球和轮椅橄榄球的生动结合）。问题在于如何让整个团队集中起来同步开球，正如谚语所说，“两台时钟比两个哲学家更快达成一致”，这意味着两个团队往往容易自行其是。让事情变得更为复杂的是，老板娘的父亲睡觉很沉，经常是过了他安排的运动时间还在打鼾，醒来后又生气发火，但已是晚饭时分。他需要的就是一台闹钟。

碰巧，闹钟是一个相对简单的命题。其中最基本的一种就是几个世纪前由亚历山大港的克特西比乌斯发明的。它的工作原理是这样的：取一只罐子，按照内部标记的时间为它注满水。然后将其倒入储水器，水以固定的速度从储水器流出。储水器中的水量低于一定重量时，内置的天平就会将一只经过精心打磨的铅球倒入一根垂直的管子中。管子的内径与铅球的直径完全吻合，所以铅球落下时，会通过固定在底部的哨子将空气排出。结果就是，恰好在倒水后的规定时刻发出刺耳的尖鸣。

如今，第六小时（hora sexta）依然得以存续，尽管它在钟面上发生了移动，成了 siesta——午睡时间。在历史上的某个时候，它与第九个小时（hora nona）互换了位置，这样就变成了“中午”。

对许多罗马人（春季花神节狂欢活动的爱好者除外）来说，一年中最好的时间是隆冬时节的农神节。具有残酷讽刺意味的是，聚会、送礼和欢乐达到高潮的时候，却是最短的几个小时。当一个人玩得开心的时候，时间确实过得飞快。

这就是漏壶的基本原理，因为这种类型的时钟在计时行业就是这样叫的，尽管大多数罗马人只是简单称之为水钟。基本的闹钟种类在许多地方都可以见到。例如，在法院，它被用来衡量分配给每个发言者的时间。在妓院，嫖客们必须争分夺秒。在这两种情况下，都有一只小蜡球放在手边，如果程序因故发生中断，就可以用它堵住水流。

因为不受天气的影响，所以水钟是最可靠的计时手段。基于这种可靠性，埃及人首先使用了几百年，然后才传给希腊人，希腊人又把它传给了罗马人，每个民族在使用过程中都做了各种各样的改进。一台功能齐全的水钟就是一项工程奇迹，它要做的不仅仅是每一小时结束时能够发出尖叫、鸣响或叮当声。它必须是复杂的，因为长时间计时是一件棘手的事情。

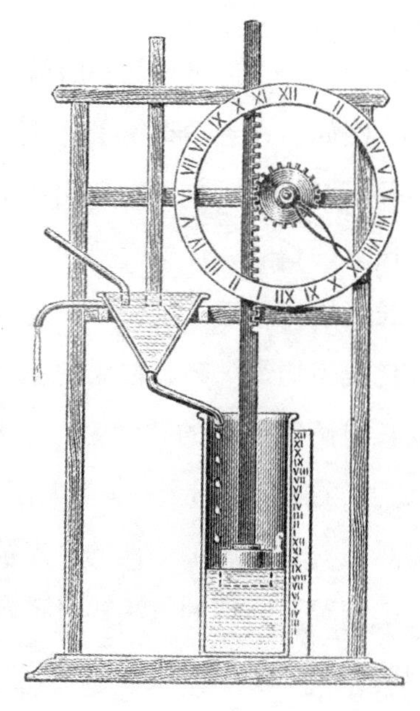

罗马水钟设计图

棘手吗？水以固定的速率流出储水器。一旦你测出了一个小时，将这个水量乘以 24，你就得到了一天，这有什么难的？好吧，从可变压力开始。储水器中的水越多，底部的压力就越大，水涌出的速度也就越快。因此，午夜到凌晨 1 点就比晚上 11 点到午夜过得更快（事实上，这是一个小问题，很容易通过设置第二个储水器来解决，第二个储水器可以将计时储水器的水位保持在恒定水平）。

不，真正的问题在于罗马昼夜的特征。从日出到日落，从日落到黎明，每次持续 12 小时。如果每天都是春分和秋分，昼和夜完全一样长，那倒没有问题。然而，仲夏的白昼要比仲冬的白昼长了许多，虽然每天的白昼还是整整 12 个罗马小时。为了保持每天昼夜各占 12 个小时，罗马的时间就得随季节的变化而变长或变短。这意味着日晷一年到头都能完美运行，但可变的小时就给钟匠带来了巨大的挑战。

例如，在春分时，昼七时（hora septima）占用的时间不及夏至时的三刻钟，却比冬至时多了一刻钟。一旦你校准了白天的长短，你就需要建立一个镜像系统来测量夜晚，小时长短恰好相反。就每年罗马的时长而言，这半小时的昼差变化也不均衡。冬日白天的小时很短，春天之后才开始迅速变长。萨摩斯岛的哲学家阿里斯塔克斯（约公元前 300 年）认为，这是因为地球围绕太阳的轨道是椭圆形的，但此人显然是一个大傻瓜，他的论点被阿基米德彻底推翻了。处理这个问题的通行的方法跳过了理论化试图直接解决不方便的现实。

每个钟匠都有自己的方法处理时差问题，以及几乎所有制造时钟的其他问题（两个钟匠会更快达成一致？）。例如，为老板娘的父亲制作时钟的钟匠阿尔比努斯就属于“流入学派”。也就是说，他的装置通过流入储水器的水量来测算时间。这就使得阿尔比努斯的计时器有别于他所称的“笨拙的伪机械”，后者使用流出系统通过从储水器中排出的水量来测算时间。实际上，两种系统在显示时间方面各有优缺点，并且两种类型的时钟都得到了广泛的使用，因为无论哪一种都可以使用。大多数人觉得眯着眼睛看太阳，以协商一致的方式商定时间一样能满足要求。

这就是水钟罕见的原因之一。做邻里唯一知道确切时间的人是没有什么意义的。然而，水钟不仅仅是计时器。其所涉及的工艺和工程意味着，拥有这样一台时钟就能成为同龄人中有声望的绅士，因为他买得起如此高雅的奢侈品。举例来说，这意味着拥有了权威的计时器，老板娘的父亲就能成为仲裁者，判定在下午的比赛中他球队里的人谁来得早谁来得晚。正是这些具体的要求，意味着每台水钟的制作都需要阿尔比努斯和他的客户详细磋商，以确定时钟的确切用途，从而确定他应该造的钟置入的响铃的类型。

允诺了一顿丰盛的晚餐……正当我们犹豫不决的时候，阿伽门农的一个仆人走了过来，说道：“你不知道今天是在谁家吗？特里马乔，一个非常富有的人，他

> 的餐厅里有一台时钟，一个身穿制服的号手不断告诉他，他的生命有多少已经逝去。”
>
> 佩特洛尼乌斯《萨蒂利孔》26

老板娘大致决定给她父亲一台盘面钟。这家伙有衣柜那么大，时间显示在置于中间的圆筒里。每天黎明时分，时钟都会轻轻敲响，提醒主人将内置在底座上的刻度盘转动一个槽口。钟盘边缘钻有 366 个孔，每个孔都比下一个孔略小。从仲冬到仲夏顺时针转动刻度盘，可以减少流入量筒的水量，这样每小时的注水时间就相应延长。逆时针旋转，到了仲冬，水就正向涌进测量装置，使日照短的时间很快过去。这就是 183 个孔的用途。钟盘另一侧相应的那些孔测量夜间时间，虽然它们可能比相对的孔大或小很多，但两个孔的直径总和始终是相同的。

除了盘面钟之外，老板娘和阿尔比努斯详细讨论的另一个选项是锥体钟。这种钟通常为市政用钟，低廉的维护成本比机器占用的空间更为重要。一只放置在一只大储水器中的锥体意味着需要大量的水来装满冬天里一天的测量装置，但是到了夏季的三伏天，当水位降到锥体底部时，锥体就占据了大部分的水箱，只有少得可怜的细流来测量这过得很慢的时间。

作家维特鲁威在此前近一个世纪撰写的《建筑十书》中

描述了另一种解决时间长短不一的方法。

> 在时钟内部钟盘的背后安装贮水器，水通过管子流到里面，在底部开孔。在上面固定一只带孔的铜制圆筒，水通过这孔从贮水器流进圆筒。在这只圆筒内还装入较小的圆筒，两只圆筒通过凸轴和承口完全扣合，因此小圆筒便能像止水栓一样在大圆筒里紧密而圆滑地旋转起来。
>
> …………
>
> 因此，当太阳进入摩羯座时，圆筒上的小舌每天便与大圆筒上摩羯座的一个点接触。水流的重量垂直地激烈作用，很快地从（小）圆筒的孔流出到水筒里，水筒承接着它。在很短的时间它就充满，因此愈益缩短日子和小时的时长。但是逐日旋转，当小圆筒的小舌进入宝瓶座的点时，孔就脱离垂直，水便不得不从激烈的涌出变成缓慢地流出。这样，水筒所承受的水的流速越小，时间也就越要延长。
>
> 维特鲁威《建筑十书》第九书[1]

还有这台钟，它更像是千年后的时钟。

1《建筑十书》：（古罗马）维特鲁威著，此处参考高履泰译文，知识产权出版社，2001 年第 1 版，第 256 页。——译者注

> 水通过这个管口均匀地流出来，从下面顶起倒放的碗状物。技师们把这碗状物称作“塞”或“筒”。上面连接着一根齿条和转筒，两者都带有固定的齿距。（齿条和转筒）齿与齿相互咬合，产生有规律的旋转和运动。另外的齿条和另外的转筒同样咬合并受制于相同的运动，旋转起来引起各种各样的运动。于是乎，人像移动、圆锥旋转、砾石或卵石落下、号角鸣响，以及其他附带效应。
>
> 水钟上的时刻都标在圆柱或方柱上，人像从下面升起，在一日之间用小手杖指示这些时刻。
>
> 维特鲁威《建筑十书》第九书[1]

阿尔比努斯不像石匠或建筑师那样拥有一块大的工作场地。其他的工匠都是大规模运作，而阿尔比努斯极少会一次处理两台以上的时钟。通常，只有其中一台属于更高价格的类型——在本例下，就是一台小巧但精密的便携式时钟，医生可以用它测量病人心跳的次数——另一台则会粗糙一些。后面这台的制作交由阿尔比努斯的徒弟完成，那是一个来自小亚细亚的有事业心的自由人，阿尔比努斯打算在自己准备退休时将业务出售给他。制作这台时钟既是为了赚钱，也是

1《建筑十书》：（古罗马）维特鲁威著，此处参考高履泰译文，知识产权出版社，2001 年第 1 版，第 254 页。——译者注

为了训练这个自由人。

阿尔比努斯的“庭院”（仅此而已）是一块被清理后的花园空地，现在摆放着日晷，日晷上面的标记按照最严格的标准绘制而成。在这里，奴隶的工作是站在新完成并运转着的水钟旁边，仔细标记时钟圆柱上的时刻，以确保日晷和水钟完全一致。有时需要重新调校时钟。例如，如果时钟的主人向北或向南挪动太多，比如挪到了高卢或西西里岛，那么昼夜的时长将与罗马的时长出现不一致，并且水的流出量必须经过精心调校才能适应当地的情况。阿尔比努斯相当羡慕生活在赤道上的人，如果有的话，因为对他们来说，每天的昼夜都正好是 12 小时，没有任何波动。在这样的地方，计时工作是何等简单！

一个带上日晷旅行的罗马人会发现，在罗马，日晷长针投影的长度为日晷长针长度的九分之八，在雅典为四分之三，在亚历山大只有五分之三。

钟匠试图说服老板娘，她也应该给父亲买上一台精巧的装置，这种装置可以让指针在星座图上移动，这样就可以精确地利用齿轮和杠杆来跟踪季节。然而，精明的老板娘却无动于衷。她承认，这种装置对天文学家很有用，但这些人也

坚持使用单位时长固定的每天 24 小时制，以使他们的测量标准化。然而，老板娘想给父亲一台真正的时钟，以满足他的实际需要。如果她想知道季节的话，她会仰望夜空或观望自家院子里梧桐树上叶子的状态。

她突然产生了一个想法。她告诉阿尔比努斯，无论如何都要制作钟盘，因为这能让父亲团队中那帮胡子花白的老头儿肃然起敬。但不用考虑它背后那些复杂的机械部分。她会提醒父亲的奴隶每周把针往前推进一点。

> “在喇叭和号角同时奏响也几乎听不见的情况下，坐在大剧场里的哪个地方又有什么关系呢？即使奴隶要告诉他时间，也需要在他的耳边喊叫才能让他听见。”
>
> 尤维纳利斯《讽刺诗》10.225

不知不觉中，老板娘已经发现了罗马人永远不会实现完全机械文明的主要原因。罗马拥有这么多的廉价劳动力，根本就没有发明机器来完成工作的真正动机，即使发明出来了，也没有理由去使用这些机器（有一次，有人发明了一种精巧的吊机，可以极大减少在斗兽场建造韦帕芗皇帝新的圆形竞技场所需的人力。韦帕芗奖励了这位发明家，却拒绝使用他的发明，称“你必须允许我向穷人提供工作”）。

同样，一些富有的罗马人也不会用由机械操作的响铃和哨子来标记时光的流逝。让一个童奴去看看钟，然后跑回来告诉他们时间，这样做更简单，也更便宜，何况这个男孩还能扫地倒酒。

白天的第八个小时

（14：00—15：00）

浴场侍者接待顾客

在那些浴场里，伏尔甘将他的火焰沿着灼热的烟道直泻下来……而洗浴者们尽管被酷热耗得精疲力尽，却对水池和冷水浴缸不屑一顾。

奥索尼乌斯《墨萨拉河》337

在共和国从前的日子里，如果罗马人想洁净身体，他只能只身跳进当地浴室的水里（有时是冰冷的），别无选择。那常常是十分简陋的澡堂，现在在罗马大多数居民居住的大型公寓楼附近仍然可以见到（浴室里排出的水用来冲洗同一栋建筑物里不同地方的厕所）。然而，在这些越发衰败的日子里，皇帝们发现，他们可以通过将简陋的石缸扩建成巨型水上公园来换得声望。它们被称为公共浴场，这里不仅有各种类型的洗浴设施，还有其他便利设施，如健身房、图书馆甚至快餐店。城里人去那里不仅仅为了洁净身体，也为了社交和结识商业伙伴，或者为了健身、按摩或修面。这是一天工作结束之后最佳的放松方式。

“我来、我见、我浴”

浴场是罗马文明的主要组成部分。一旦军团在某个地方安营扎寨超过一年，他们最早的永久性建筑之一就是洗浴中心。这里往往就成了一座新兴城市形成的核心。因此，我们可以在帝国边境上看到浴场，比如潘诺尼亚行省位于多瑙河岸边的阿昆库姆，以及不列颠的“苏利斯之水”，一座后来因这一特色而闻名的小镇，其名称就直接变成了“澡堂”（Bath）[1]。

虽然每座罗马城市都有浴场，罗马本身却得天独厚。鉴于这里有将近500个浴场，几乎两倍于神殿和神龛的数量，对普通的罗马人来说，洁净确实仅次于敬虔。浴场可以是一个城市街区大小的庞杂的建筑群，也可以是设在标准化公寓楼后面的一套简单的房间（这种房间被称为balena，主浴场被称为thermae）。附

1 今英国巴斯市。——译者注

近总有浴场，没有理由不保持身体洁净、馨香宜人。

侍者在战神广场内的尼禄浴场工作，该浴场位于罗马万神殿巨型穹顶附近的罗马广场以西。正如诗人马提雅尔曾经欣喜若狂地说道："还有什么比尼禄更糟，或者比他的浴场更好的呢？"[1] 的确，尼禄浴场确实最能反映这位暴君皇帝荒淫堕落的一面。红色花岗岩和白色大理石提供了基本的配色方案，而沿着墙壁延伸（并滚动和扭动）的色情壁画确定了基调。尼禄的座右铭是"尽其所能地追求极致的品味"，而这在他的浴场里得到了具体的体现。

在这个 9 月的一天，浴场侍者估计将有 2000 到 5000 名顾客经过他的大门，迎接他们的将是一个配有直径超过 6 米的大钵的喷泉，这个大钵是用一整块红色花岗岩雕刻而成的。现在让他们进来沐浴还为时过早。浴场在早上使用后正在接受冲刷和清洁，地下室里汗流浃背的奴隶们在为火炉添柴，炉子将再次将热水浴池里的水温提升到略低于起泡的温度。这种热水浴池是浴场中最热的一种；要将热水浴池从冷水加热到合适的温度往往需要好几天时间，所以很少会让火完全熄灭。

---

1 Martial *Epigrams* 7.88.

浴室内饰，庞贝

在热水浴池的两侧各有四间休闲更衣间。在这里，顾客们先喘上一口气，接着便一头扎进不言自明的冷水浴池的水中，让他们的血液由沸点降低下来。那些不愿走极端的人可以到温度稍低的温水浴池里去放松，在很多浴场里，它甚至不是水池，只是一个适度加热的房间。在尼禄浴场，大约1500平方米的建筑群是专门为热水浴池、温水浴池和冷水浴池设计的，每个区域都有各自雅致的柱廊庭院。

在浴场，他（哈德良皇帝）把奴隶和金钱送给了他认识的一个老兵，因为他看到这个人在大理石墙壁上摩擦他的后背和身体的其他部位。当被问及他在做什么时，士兵回答说他雇不起奴隶为他按摩和刮擦。第二天，又有几个人在墙壁上摩擦身体，试图引起皇帝注意。他把那些人叫到面前，告诉他们“结对吧！”。

《罗马君王传·哈德良传》16

侍者小心翼翼地盯着热水浴场庭院，因为在拥挤、喧扰的浴场里，常常有扒手快速地翻查洗浴者的物品，寻找能够用毛巾迅速包裹起来并偷偷带走的东西。出于同样的原因，虽然不允许奴隶使用浴场，但许多洗浴者还是把他们的奴隶带在身边，既为他们看管物品，又给他们搓背和刮擦。罗马人不使用肥皂，而是在身上涂抹精油，然后用弯曲的金属刮板将其刮去——如果没有奴隶，就会在附近的墙壁上刮擦。罗马人就是罗马人，即使在这样的地方，也要不失时机地显摆显摆。

我们迅速脱下衣服，先洗热水浴，待大汗淋漓后，又去洗冷水浴。在那里，我们又一次见到了特里马乔，他的皮肤上闪耀着芬芳的油脂。他用来擦干身体的不是普通的亚麻布，而是最柔软、最纯净的羊毛布。

佩特洛尼乌斯《萨蒂利孔》

除了防止奴隶把水弄脏，侍者还必须留意未成年的洗浴者。儿童是不允许进入浴场的，因为他们既有溺水的危险，也可能会被成人忽略。“浴场里那个大嗓门常客，把胳膊伸出来让人为他剃腋毛，下面只用一只油瓶来遮掩他裸露的身体”[1]，这很可能伤及年轻人的心灵。出于身体裸露的缘故，洗浴设施接待男女洗浴的时间往往不同，妇女通常在早晚洗。尤维纳利斯举了一个喜欢晚间洗浴的贵妇的例子：

她经常在夜间光顾浴场；到了天黑，她才点了油罐，让家人过去。她喜欢热水浴场里的喧闹；当她的手臂因使用重物而筋疲力尽时，涂油师就在她的身体上熟练地搓揉，最后在她的大腿上响亮地一拍，放下手来。（尤维纳利斯《讽刺诗》6）

一些浴场试图通过在主楼的一侧设置独立的设施，在午后为女性客户提供服务。然而，这里的建筑很少像主楼那样

---

1 Juvenal *Satire* 2.

富丽堂皇，而且还缺少许多设施。因此，贪图享乐的女士们都宁愿将享乐推迟到当天的晚些时候，届时她们就能够享受主楼里的那些奢华设施。

虽然浴场一直开到很晚，但只有在昼 8 时（下午 2 点）才正式对男性开放，但还是有一些提前到达的人先进去了，使用训练场——东翼优雅的拱门下面的运动区域——里的运动设施。在一场类似于排球和垒球的比赛中，当球员们快速地将皮球抛给队友时，侍者无须掉头就能听到皮球有节奏的击打声。此外，他还听到有人在与吊在天花板上的格斗袋缠打时发出的更大的撞击声。罗马式格斗的基本（也近乎唯一的）规则是“禁止咬腰带以下部位，也禁止从眼窝里挖眼球”，因此为了避免不必要的麻烦，侍者宁肯让准格斗士与这些袋子较量，而不让他们互相格斗。侍者也在侧耳倾听一个有些肥硕的人，此人正在用一组非常沉重的哑铃进行训练。他举起重物时像马一样气喘吁吁，放松时发出一种怪怪的啸声。

哲学家塞涅卡对整体上的不谐音作出了尖刻的总结；他在下午早些时候基本上就不得不放弃了哲学思考。

> 我被各种各样的噪声包裹着，因为我的住处可以俯瞰浴场。想象一下所有让你厌恨自己耳朵的声响。
>
> 有几个运动员一边运动一边嘟囔着，把那些沉重的器械摆来弄去的。他们做得很卖劲儿——或许假装吧。

我听到了他们释放憋住的气息时发出的刺耳的嘶嘶声。即使有哪个懒惰的家伙满足于简单的按摩，你也可以通过拍打肩膀来分辨这拍打到的是平肩还是凹肩。

如果一个球员走来并开始报出比分，我看比赛就结束了。除此之外，还有一帮自命不凡的猪猡的喋喋不休、行窃中被逮住的小偷激起的喧闹，以及浴场里那个乡巴佬自唱自赏的歌声。当然，也有一些人在跃入水池时溅起了巨大的水花。

除了这些天生的大嘴巴，再想象一番那个瘦骨嶙峋的拔毛人吧，他刺耳的吆喝吸引了人们的注意。他从不停歇，除非他在工作，而此时他也会让别人为他尖叫。现在再加上酒贩、香肠卖家、糕点商和其他热食小贩们交织在一起的叫卖声，每个人都在以自己独特的吆喝推销着自己的产品。

塞涅卡《书信》56.1 ff

和同事一样，这位浴场侍者从洗浴者到来时向他们收取的不太多的入场费中获取少量薪水（女宾入场费通常要高出一倍，因为公共道德的卫士们主张女性待在家中不出门）。然而，侍者的大部分收入来自为洗浴者提供些细小服务获取的小费——为她们上油刮背、看管财物（据风言风语，还会为女宾提供更暖心的服务）。因此，侍者愤怒地看着像米诺根尼这样的谄媚者的滑稽举动：

> 不管尝试何种妙招，到了浴场，无论是热是冷，你都无法避开米诺基尼斯。你打球时，他会热切地把球接住，为的是让你一次又一次地亏欠他，因为他为你挽回了一分。如果足球掉进了污泥，他会为你拣出来，哪怕刚刚洗过澡，脚上还穿着拖鞋。
>
> 如果你自己带来了毛巾，他会说它比雪还白，尽管比婴儿的围兜还脏。当你用带齿的象牙刮擦秃顶的头皮时，他会说你的发式很像阿喀琉斯。他会把熏得黑漆漆的酒罐里的最后一杯酒为你斟上，为你擦去额头上的汗水。他赞美你的一切，钦佩你的一切，耐心地承受着万般痛苦，直到最后你不得不问他“愿意与我共进晚餐吗？”。
>
> 马提雅尔《隽语》82

晚餐是罗马社交生活的重要组成部分。罗马在准备一天中最重要的一餐时，谁会在哪里吃饭，与何人一道，吃些什么，这一切都会成为浴场里人们飞短流长的主要谈资。就连浴场侍者在客人们退潮般离去后整理房间时，也在制定自己的晚餐计划。

> 达修斯知道如何算计入浴者。他
> 向斯帕塔莱——那位丰满的女士——
> 索要三份入场费；她如数付给。
>
> 马提雅尔《隽语》51.1

罗马的三大浴场（公元123年）

1. 图拉真浴场

崭新（落成于公元 109 年）的图拉真浴场，由大马士革的顶级建筑师阿波罗多洛斯设计。建在俄比安山上的浴场，成了这里的中心，也带来了极大的方便。它们也是对曾经盛极一时的尼禄黄金宫半废弃的遗址所在地的充分利用。

这里有近七万平方米的沐浴宝地，其间的浴池容水量约为八百万升之多。浴场里有壁画、马赛克镶嵌画和华丽的雕像，是你提振身心之所需。

2. 尼禄浴场

与图拉真庞大的建筑群相比，占地 2.2 万平方米的尼禄浴场实在微不足道。然而，对于热水浴爱好者来说，尼禄浴场则有着一种潜在的魅力。

浴场位于阿格里帕浴场附近，这显然就是为了超越由名副其实的维尔戈水道提供的众所周知的纯净而甜美的水源（也做到了）。然而，室内的色情壁画和装饰却丝毫没有童贞的气息，这展现了尼禄堕落至极的奢华风格。

那些打算晚些时候与情人共度良宵的罗马人可能会首选尼禄浴场，以使自己兴致勃然。

3. 阿格里帕浴场

这是奥古斯都的助手阿格里帕为改善罗马的生活品质而建造的首批大型洗浴中心之一（并非巧合的是，为了提高奥古斯都的公众支持率和继续执政的机会）。为了突出水的主题，浴场建在战神广场，毗邻海神尼普顿神殿。

浴场本身已经显示出其年代的久远（建于一个多世纪前的公元前 27 年），后来为一场大火所毁。与阿格里帕其他的标志性作品万神殿一样，这座建筑的“修复”将由哈德良皇帝完成，使之远比当初更加富丽堂皇。

白天的第九个小时

（15：00—16：00）

女主人筹办晚宴

人们将在第九小时把堆满垫子的沙发都磨破。

马提雅尔《讽刺诗》4.8.5

罗马是一个男人的世界。以马库斯·奥卢斯·马尼杜斯为例，他富有，人脉广，在进出口业务中声名赫赫。他拥有50多个奴隶，在阿文丁码头上有一座价值数万第纳尔的仓库。作为家长——一家之主——他掌管着两个女儿的生杀大权。如果他的妻子给他再生一个孩子，她会在他的面前把这孩子放到地上，如果马库斯抱起孩子，这个婴儿就会被这个家庭接纳。如果他决定不这样做，这个婴儿就将被遗弃街头，由任何想要孩子的路人抱走，不问缘由。

这就是马库斯·奥卢斯·马尼杜斯所拥有的可怕的权力。然而，目前，这个马尼杜斯家的一家之主正忙着做笔记。

“务必让那个讨厌的弗菲德斯不会像上次那样挤到首席沙发上。我不明白你为什么邀请那家伙。他没完没了地唠叨哲学，又不经常洗澡，他一定会嘲笑角斗士。”

马库斯像小学生一样举起了手。“嗯……”他说，但他的妻子又滔滔不绝起来。

“另外，还记得套在垫子上的新丝绸罩子吧。很值钱的哟，所以你要保证——不，你要确定——没人把酱汁溅到上面。羊毛应该够好的了，但艾莉亚的躺椅上用的是丝绸垫子，所以我想我们也应该有，否则我们就显得落伍了。诅咒那个女人吧！还有……你，塞鲁卡！过来！”

那个试图偷偷从门边溜过去的女奴小心翼翼地走了进来。

“厨师有消息了吗？我跟你说过他一到就来告诉我。”

奴隶稍显不安。

“还没他音讯呢，夫人。我再去问问看门人，夫人。”

“去吧。马库斯！过来。我们还没说完呢。”

马库斯叹了口气，回到妻子身边。不管怎么说，举办这次宴会并不是他的主意。在他看来，做生意的最佳方式是在他码头附近的办公室里饮着几杯上乘葡萄酒，外加从当地一家酒馆订购的菜品。然后，他可以与同事们在仓库里四处走走，亲自验货，并与那些有见识的员工讨论问题。然而，他的伙伴兼助手丽奇妮娅（Licinia）对“适合他这个身份的男人”的社会职责有着非常清晰的认识，她断定即使这会致他于死地，他也会沉溺其间

罗马餐具柜局部

（很有可能。马库斯的消化功能太弱，作为罗马宴会主食的油腻食物和精心调制的酱汁完全不适合他。当他记起最近一次小心翼翼地避开鱼酱烩鳗鱼、面包裹肉和酒汁蜂蜜蛋糕时，他仍然会不寒而栗。尽管如此，他还是让甜菜根给害惨了。在接下来的三天里，他随时在往厕所里跑，常常是一头扎进去便久久不见出来）。

大家都告诉马库斯，他娶了丽奇妮娅是一件干得多么漂亮的事。丽奇妮娅的父亲含糊其词地提到他与罗马贵族李锡尼家族的关系。马库斯已经核查过了——确实有一段关系，但也没有什么值得夸耀的。回到上几代人，丽奇妮娅的高曾祖父曾经是李锡尼·卢库卢斯家的奴隶。获得自由后，他就像所有的自由奴那样，接受了解放者的族姓，顺理成章地成了李锡尼家的一员。像许多雄心勃勃的自由人一样，新获解放的李锡尼拥有一个富有而人脉广泛的恩主，这为自己及后

人日后的发迹建立了良好的基础。

丽奇妮娅不知道马库斯已经了解到了她认为极不光彩的家族史。如果发现了马库斯根本不在乎，她是会大为恼火的。毕竟，诗人贺拉斯也是自由奴的儿子，同时还是奥古斯都皇帝的朋友和知己。甚至杰出的斯多葛主义者加图都是一个名叫萨洛尼娅的女奴的后代。奴隶制是一种可以打击任何人的不幸——当然没有理由因此而看不起那个人的后代。你可能会因为消化不良而鄙视一个人，但是，说到这一点，丽奇妮娅还确实鄙视马库斯。

知道了妻子为什么如此努力地追求自己的社会地位，马库斯就有了耐心去完成他们每一次晚餐和聚会的详细计划。就这次晚宴而言，丽奇妮娅觉得他们平时的厨师无法胜任这样的场合，马库斯必须接受一家外面的宴会商提供的餐食。丽奇妮娅的社交圈极力推荐这位外厨，这压倒了马库斯对一个经过自己精心训练的男人的偏爱，而这位家厨会避开那些可能导致他消化不良或更令人遗憾的肠胃胀气的食物。

“……通知取消第一道菜。我不希望他们狼吞虎咽只顾猛吃零食，而不留点空间来吃主菜，我是费了好大的劲儿才请到这位厨师的。马库斯！你在听吗？”

问题是，尽管马库斯不喜欢此类聚会，这却是罗马生活中不可或缺的部分。举办和参加晚宴是某一社会阶层的罗马人评估彼此信誉度、朋友和人脉的素质，以及（丽奇妮娅最

发型精美的罗马女人

近所关注的）他们儿子的适婚性的一种途径。这也是人们捕捉最新八卦的途径。在一个没有报纸的时代，人们通过这种途径不仅听到了家长里短，也听到了阿拉伯新市场开放，或印度洋风暴中商船失事的消息。这一切无不对价格和商业决策产生实质性影响，即便吃了蜂蜜烤睡鼠会产生不良后果，也值得冒险。

很遗憾，丽奇妮娅不能亲自参加晚宴——或者干脆代替马库斯参加晚宴。在罗马，妇女可以参加宴会，而且也确实有人参加，但是丽奇妮娅坚称自己不属于那个类型的女性，就好像参加宴会的罗马家母和伯里克利时代雅典酒会上的放荡女子一般可耻。当然，如果丽奇妮娅到场了，她也会在餐椅上坐得笔直，而不会像其他（男性）食客那样三四个人一张沙发，摊手摊脚地躺着。然而，事实上，大多数的晚宴都是严格按性别划分的，丽奇妮娅不会想到参加马库斯的晚宴，就像马库斯不会想到擅闯丽奇妮娅与别的太太们在晨间沙龙里举行的晨间聚会一样。

昆图斯尽其可能温和地说：“庞波尼亚，你能把女士们招呼进来（吃午饭）吗？我去请男的。”

我想，没有什么比这更礼貌的了，不仅表现在实际的话语中，也体现在他的意图和表情方面。可是她却当着我们的面惊叫起来，“我？我对这里不熟啊！”

我想，她之所以如此咋呼是因为斯塔提乌斯在我们到来之前就已经安排好了午餐（这样一来，就把庞波尼亚排除在一个主妇应该承担的职责之外了）。

此后，昆图斯对我说：“瞧，这就是我每天必须忍受的。”

你可能会说：“咳，那又有什么关系呢？”

事实上，关系大了。她的回答本不该那么激烈，这使我很是恼火，更不用说她当时的那副神态。尽管如此，待我们坐到餐桌旁的时候，我还是掩饰了我的愤怒——因为她没有出现在我们的餐桌上。昆图斯将菜肴送去她的房间，但她又送了回来。

总之，在我看来，没有人比我弟弟脾气更好，也没有人比你姐姐脾气更坏。

西塞罗致阿提库斯（庞波尼亚的弟弟）《信件》5.1

相反，丽奇妮娅通过代理人参加了晚宴，她事先严格指导马库斯该说什么，该对谁说。然后，在用餐过程中，丽奇妮娅在反复折腾厨师之余，还会询问仆人每道菜肴受欢迎的程度、聚会的总体气氛，以及客人们所讨论的具体话题。丽奇妮娅还不时地让仆人给马库斯塞一些小纸条，上面写着用餐的说明和准则，直到她那温文尔雅的丈夫也不得不表明态度，指出这让他在其他用餐者面前显得太滑稽可笑。

“……这个只能让坐在上座沙发上的人享用。对其他人来说，马麦丁（Mamertine）[1]就够不错的了。或者，你觉得我们应该把从你客户那里获赠的最后一瓶希腊葡萄酒斟给坐在下座沙发上的那些人吗？但愿你其他的宾客也心存感激，就像……”

马库斯隐隐约约地意识到他的妻子正在谈论晚餐酒水的安排。在她以及许多其他的罗马东道主看来，真正优质、昂

1 一种葡萄酒。——译者注

贵的葡萄酒只能留给晚宴上坐上座的人。他在心里暗自盘算着，一定要不动声色但坚决地撤销他妻子对仆人们发布的指示，并确保每个人都喝到优质的马西奇葡萄酒。坐在下座沙发上的一些人是很有前途的年轻人，他们会记得诸如劣质食物一类的芝麻小事，并且会在有能力的时候变本加厉地回敬这种侮辱。

西纳，我的酒杯与你的酒杯，大小比例为 7：11。然而你却抱怨你得到的是劣质酒。

马提雅尔《隽语》12.28

罗马餐厅通常设有 3 张长沙发（躺卧餐厅因之而得名）。客人们用胳膊撑着，三四个人一道斜倚在沙发上，从围有 3 张长沙发的桌子上取食用膳。一般来说，每用完一道菜肴，仆人只需从敞开的一侧将整张桌子移出去，端上一张已经盛满了下一道菜肴的新桌子。晚宴通常都是主人炫耀财富、品味和强大人脉的时机，因此他会竭力确保这是他或他的妻子所能弄到的最好的食物，并确保享用这些食物的都是他能找到的最有影响力的人物。

前几天，我碰巧和一个我不是特别熟悉的人共进晚餐。这家伙（在他自己看来）做事很节俭，但很有天分。据我所知，他吝啬之极又挥霍无度。

为我和少数受到青睐的人上的是佳肴美餐，而那里的其他人只得到了些廉价的菜品和残羹剩饭。还有三种小瓶葡萄酒，客人没有选择的余地，而且根本就没有选择的权力。我们和主人用的是一种酒，他那些位低权轻的朋友用的则是其他种类的酒（显然，他对友谊进行了分级）。

小普林尼《书信集》19

在罗马贵族中，用餐时谈论商业或政治被认为是不礼貌的，而应该谈一些抽象性的话题，比如诗歌批评，在讨论罕见的拉丁动词的起源时彰显博学，以及儒雅而机智的哲学辩论。丽奇妮娅从前常常在席间向他派送便条，总是试图让马库斯把谈话引向这样的方向。这一招从未奏效，因为马库斯的餐友从来没有挨近过贵族的餐桌，也不想错失与同行们洽谈生意的机会。

令正在门口偷听的丽奇妮娅苦恼的是，谈论的话题通常仍然是利率、帝国立法、行省税收和粮食期货。要有变化的话，也常常是讨论一支或另一支车队在战车比赛中的前景，或者某个著名角斗士在即将到来的竞技场较量中的际遇。

“……在长笛演奏结束之前。马库斯，我相信你根本没在听我说什么。怎么了，姑娘？”

“姑娘”指的是女奴塞鲁卡（这称呼有些贬损，因为她实际上比女主人还年长10岁）。她哽了一下，接着告诉她，看门人向她保证厨师还没到。他们请的厨师现在肯定迟到了；因为食材由他带来，晚宴目前既无食物也无人备餐。丽奇妮娅现在非常后悔晚上给自己的厨师放了假。

现在只能一面派人通知食客们推迟一小时到来，一面让家里其他所有仆人都到厨师住所附近搜寻，命令他们把这个失踪的厨师找到并带到马尼杜斯家——必要时使用武力。丽奇妮娅带着无声的绝望下达指令。马库斯可能是主人，但晚宴的成功策划和实施完全落到了这位作为马库斯家当家人的家母肩上。如果晚宴要是失败了，那么丽奇妮娅就只能在未来的数周内忍受同伴们虚情假意的同情了。

她瞪着丈夫。“这都是你的错……”

（罗马人自带餐巾去赴宴。
但并不总是将餐巾带回来）

依我看，赫谟根尼是个
餐巾大盗，就像马萨偷钱一般。

即使你看住他的右手，抓住他的左手，
他也有办法盗走你的餐巾。
…………
最后，知道可能被盗，
没人再随身携带餐巾，
赫谟根尼便盗桌上的桌巾。
…………
无论剧院里多么酷热，
赫谟根尼一露面，他们就会把遮篷搬走。
水手们会战战兢兢，急忙收帆
如果赫谟根尼现身港口。
…………
赫谟根尼吃饭从不自带餐巾；
赫谟根尼离席时就有了餐巾。

马提雅尔《隽语》12.29

白天的第十个小时

（16：00—17：00）

晚班洗衣妇

“我要歌唱的是漂洗工和猫头鹰，而非战争和一个人。”

采自《费比乌斯·乌卢里特姆鲁斯的洗衣坊》，

庞贝《拉丁铭文集》4.9131 中的涂鸦[1]

任何人想要找寻厨师凯基利乌斯，都会像马尼杜斯家的家奴那样，把漂洗工泰伊思的院子视为最后检查的地方。这倒不是因为凯基利乌斯不经常在那里出现——事实上，因为他和泰伊思之间存在恋情，厨师很多时间都会泡在那里。然而，院子里的气味太过刺鼻，奴隶们宁肯花更多的时间到凯

1 猫头鹰象征密涅瓦，密涅瓦是洗衣商的守护神。“战争和一个人”出现在维吉尔著名的《埃涅阿斯纪》的开头。

基利乌斯可能不在但气味更好的地方去寻找，而不是去他可能在但臭气熏天的大厅。

不幸的是，除了制革工场外，罗马没有多少地方比洗衣坊更臭。制革工场被依法划归台伯河以西的特拉斯提弗列区。然而，由于洗衣工作专门化程度很高，而且罗马人自己不洗衣服，所以城里几乎每隔一个住宅区都有一家专门为普通民众服务的洗衣坊，因此这种气味确实无所不在。

泰伊思的洗衣坊就是这类坊间的典型代表。它宽敞、通风，当初的设计就是为了能够捕捉每一缕拂过的微风，并让微风从大厅内吹过。和每个漂洗工一样，泰伊思一心想着让工人们呼吸到新鲜空气，原因很简单：如果呼吸不到新鲜空气，他们很可能会死去。这里用来清洗衣物的化学制剂是那么强效而且刺鼻。到这里来寻找凯基利乌斯的奴隶心里十分明白他正在靠近的是什么，因为当他走到门口时，就有两种气味混合在一起扑鼻而来——硫黄味和尿骚味。

漂洗工的证词表明，男性的尿液可以缓解痛风。由于这个原因，他们声称自己从未患过这种疾病。

老普林尼《博物志》28.18

罗马人相信用尿液洗衣服会使白色更白，彩色更鲜艳，

这一神奇的成分还能去除顽渍。罗马人是对的。是的，人尿这种神奇的东西，是每位家母打理丈夫华美的白色托加长袍和她自己那染色性感的薄睡衣时所依赖的。这是因为尿液中含有特殊的氨成分，这东西仍将出现在两千年后的洗衣粉当中。在前化学时代，获取氨的最佳途径就是那些廉价而又自给自足的药库——说的就是人的膀胱。

尿液中实际上含有尿素和大量的氮。漂洗工将它与少许泥土混合后，放进一只敞口的罐子里搁上一个星期。泥土里的细菌开始吞噬尿液中的氮（正因含氮，尿液才可以用作肥料）并生成副产品氨。这一过程的另一副产品是令人窒息的臭气，它弥漫于整个房间，让首次接触的人立即出现恶心症状。

洗衣服需要氨，因为人体皮肤含有大量腺体，腺体会分泌一种叫作皮脂的油性蜡状物质。皮脂能够保护并滋润皮肤；在罗马的炎炎夏日里，里面的化学物质能够乳化罗马人的汗液，使其变成皮肤上一道凉爽的亮膜，而不是一滴一滴地滚落下来。皮脂的问题在于，它会蹭到衣服上，使衣服变得油腻，然后变得肮脏，因为油脂会吸附污垢。普通的水无法去除污垢。水，加上另一种成分“特殊的 P”[1]，通过氨分解油脂，从而洗净衣服。

但是，等一等，还不止于此！罗马人的衣服是用染料染

1 英文中尿对应单词 pee。——译者注

色的，染料是由种子、叶片、地衣、树皮和浆果等天然材料制成的，都不是固色染料。它们不仅在洗涤过程中会掉色，而且即使在正常使用过程中也会掉色，除非将它们通过一种称为“媒染剂”的化学药剂固定到布料纤维上。这种东西与赋予染料颜色的发色团结合，在周围形成一道保护网。这种前工业化社会最好的媒染剂——你猜对了——就是在陈尿中发现的。

当寻找厨师的奴隶遇上泰伊思时，她正在监督当天采集到的尿液的堆码。尿液都用大瓮来装，为此泰伊思特意将大瓮放置在街角、小巷中的壁凹处和一些高级酒馆的后屋里。罗马人上厕所不需要花一分钱，因为这一行为得到了泰伊思的补贴：自公元 1 世纪中叶开始，漂洗工就必须为他们用来收集大自然馈赠的每一只大瓮缴税。

当韦帕芗的儿子提图斯为他对漂洗工的瓮征税而提出反对时，韦帕芗从第一笔付款中取出一枚硬币放到儿子的鼻子边。“臭吗？”

苏维托尼乌斯《神圣的韦帕芗传》23[1]

---

1 正因如此，巴黎的公共便池直到最近还被称为“韦帕芗”（法文写作 Vespasiennes）。

在堆码瓮的同时，其他的奴隶正在给大厅院子里的浸泡池排水。如前所述，罗马染料固色不牢，因此浅绿色需要一个池子，深绿色需要一个池子，棕色需要一个池子，如此等等。水池里混有水、稀释的染料和温热的尿液，并且会定期排水，以防发臭。在工作日，客户交付的衣物将放在这里浸泡（泰伊思会仔细记录谁交付了什么东西，因为如果发生混乱或丢失或损坏，都必须由她负责更换或修补）。

鉴别洗衣坊工作人员的方法有三种。一种是似乎从漂洗工毛孔里渗透出来的辛辣的气味。另一种是他们经常咳嗽，因为无论洗衣坊有多好的通风，混合的刺激性洗涤剂最终将腐蚀肺部。最后，奴隶们都有像奥运冠军一样的腿。这是因为一旦衣服泡好了，就得赶紧搬往大厅两侧空置的小隔间并放进大缸里。白天，奴隶们站在小隔间里，在衣服上蹦上蹦下，把氨捣进纤维里。这种跳跃被称为“漂洗工跺脚”，体育馆里那些想锻炼腿部肌肉的人都会做这种练习。那些整天、每天都得干这种活计的人，最终他们的双腿都会非常发达。

泰伊思用质疑的眼光打量着这个新来的人，但这是枉费心机。首先，因为大厅里太暗，别人无法看清她的表情；其次，因为一阵乱风卷着一小团硫黄烟雾拂过大厅，致使来客不停地打着喷嚏。接受硫黄处理的主要是托加长袍，因为燃烧硫黄产生的蒸汽中的挥发性元素能很好地分解污渍。

但她一直隐藏着对秘密恋人的热情。他经常和她见面，并偷偷相拥。事实上，在我们（她的丈夫和我）早早地从浴场回来吃饭的时候，她正在和小情人疯狂做爱。

我们令人沮丧的突然到来迫使妻子迅速采取行动。于是她将恋人推进了硫黄笼子。这是一个用光滑的柳枝编织的漏斗状物品，顶部留有一个狭窄的开口（他们把衣服挂在上面，以便在焖烧硫黄时产生的烟气中漂白）。

她把恋人安全地藏起来后，兴高采烈和丈夫一起用餐。然而，这个小伙子在令人窒息的烟雾和刺鼻的浓烟中吃尽了苦头。最后，浓重的烟雾开始使他窒息，而硫黄中的活性成分则一如往常地使他打起喷嚏，不停地打。

阿普列乌斯《金驴记》9.22ff

令人恼火的是，泰伊思在大厅里大喊大叫，让奴隶们“搬帐篷”。这事儿奴隶们做起来简直是轻车熟路，因为这种要求早已司空见惯，而且大厅里的空气已经叫人透不过气来了。从踩脚池中捞出托加长袍后，通常先要拧干，尔后才挂

庞贝的罗马洗衣坊

起来晾干（用力拧干 40 到 60 平方英尺[1]、浸泡得湿漉漉的毛料托加长袍，使得这里工人们的前臂和腿部一样强健）。如果不是优雅地披在罗马穿衣人身上，托加长袍就是半圆形的，很容易挂到用来烘干和熏蒸托加长袍、用灵活木杆制成的曲架上。

当硫黄把“托加篷”熏得冒烟时，奴隶们就去处理另一个托加篷，用刺猬皮梳刷托加长袍，让绒毛（布料表面

1 1 平方英尺约折合 0.093 平方米。——译者注

的线）立起——这一过程既能使托加长袍的布料看起来更厚实、更华丽，又能确保硫黄渗入每一个角落和缝隙。如果是特殊场合穿用，可能就需要漂洗工准备一件纯白托加长袍。这种托加长袍特别白，因为已经用基莫洛斯土[1]擦洗过了，这就为袍子平添了一抹特殊的珍珠光泽。

政客们特别关注纯白托加长袍（toga candida），因为任何竞选公职的人都穿这样的托加长袍［参加竞选的人之所以被称为 candidate（意为候选人），原因正在于此］。这项立法非常精确，博物学家老普林尼曾对此做过记录：

> 关于漂洗工的法律依然有效……程序规定如下：先用来自撒丁岛的撒丁土洗布，然后用硫黄熏蒸。假设染料不存在问题，接着就用基莫洛斯土来擦洗衣服；如果用劣质染料染色，衣服就会变黑，硫黄会让颜色变淡，这是显而易见的。然而，基莫洛斯土能够为经过适当处理的衣服增加颜色的深度和光泽。（《博物志》35.57）

奴隶不停地咳嗽打喷嚏，最后还是哽咽着向她打听失踪厨师的下落。泰伊思怒目而视，不知道他是否在通过过分渲染这里的氛围来取笑她和她的工场。泰伊思自幼就在洗衣坊

1 基莫洛斯岛的土壤具有较好的清洁功能。——译者注

附近转悠，因为她从父亲那里继承了这个行当。她真的闻不到人们都在叨叨的恶臭味儿。

这就是后世所说的“气味习惯化”。就像那些与铁匠为邻的人最终也会习惯铁锤敲击金属时发出的叮当声而不再去理会它一样，泰伊思的大脑很久以前就学会了无视这种含氨的尿液散发出来的气味，这与她的日常活动毫无关系。她有时不得不趴在酒壶上闻闻酒香来检查酒壶是否准备就绪，尽管这种气味在二十步开外就能让客人晕倒。

泰伊思身上的气味比贪婪的漂洗工的瓮更加难闻
而这只瓮刚刚才打破在街道中央……
比一罐散发恶臭的烂泡菜更加难闻
想要巧妙地用另一种气味来掩盖这种气味
她衣服一扔，钻进浴室
手里拿着脱毛剂，脸色铁青，半隐半现
浑身上下涂了一层酸溶白垩……
后来她认为自己已是万无一失
然而，尽管解数千般，最终
泰伊思的身上恶臭依然

马提雅尔《隽语》6.93

这偶尔也会成为一个问题。例如，当她穿上一件没有漂洗好的外套，发现自己走在拥挤的罗马大街上，周围人行道上却出现了六英尺的空当。这对她的爱情生活无疑是一场灾难。通常，像泰伊思这样的女人要吸引男性根本不存在什么问题，因为她的亚洲希腊人血统赋予了她润泽蜷曲的黑发，传神的棕色大眼睛略显几分异国韵味，以及因工作需要而塑就的健美的沙漏形身材。

另一方面，厨师凯基利乌斯也并不是什么大猎物，虽然这个人摆弄起煎锅和鲇鱼来堪称一绝，但他的身体却有些瘦弱，下颌后缩，两眼苍白湿润。然而，烹饪使他习惯于浓烈的气味，他确实喜欢有食欲的女人。对于一个有时觉得自己的努力没有得到赏识的人来说，看着泰伊思翻动一大木盘贻贝和斯佩尔特小麦也不失为一种暖心的体验。

但是凯基利乌斯现在不在这里，泰伊思毫不客气地告诉了奴隶这一点。他不得不取消他们晚上的计划，因为他已经和西里欧山上的一个商人家签订了一场烹饪展示。抱歉。

奴隶正要开口说明，正是因为凯基利乌斯不在他的“烹饪现场”，他才来到这里。然而，就在此时，一个工人将一满罐子泡熟了的“天然罗马香水”倒进他身后的浸泡池里。混合液中还含有粉碎并浸泡过的茴香和洋葱皮，用以增强将在里面洗涤的橙色织物的颜色。茴香散发出一股甘草味，加上氨水中烂洋葱的气味，把奴隶熏得脸色发青。他咕咕哝哝道谢，然后夺门而逃，留下一脸困惑的泰伊思盯着他远去的背影。

白天的第十一个小时

（17：00—18：00）

疯狂的厨师

我宁愿让我餐桌上的菜肴取悦食客而不是厨师。

马提雅尔《隽语》9.81

当塞普提米乌斯·凯基利乌斯扛着他特制的食材和专用的烹饪器具在山上艰难攀登时，一个家奴看见了他。此人从马尼杜斯家夺门而出，急切地告知厨师他迟到了。权当凯基利乌斯还不知道一般。

他咆哮着回答："谢谢你提供的信息。如果我稍后把你的头塞进我的烤炉里，请一定告诉我那里很烫。"

厨师今天下午过得不太愉快。自从五天前与女主人丽奇妮娅见面并讨论晚宴的安排以来，凯基利乌斯就已经意识到这是一场需要团队合作才能完成的晚宴。也就是说，女主人会监视他的一举一动，不断地对餐食的准备提出意见、建议和批评，而凯基利乌斯对所有的这一切则会置若罔闻。

他并不是不知道如何烹制“四味药”（tetrapharmacum）。自从这道菜受到皇帝推广以来，它就必然成为每个厨师的拿手好戏。这就是问题所在。当然，这餐饭准备起来极其繁杂。毕竟，如果它很容易的话，那么像凯基利乌斯这样的专业厨师也就没了饭碗。这顿美餐是由“四味药”组成的。这里的“药物”包括雉鸡、野猪、火腿馅儿饼和母猪乳房（以前原料里曾添加了孔雀，但坦率地说，那只是为了装点门面。雉鸡更容易弄到，而且味道更好）。

花这么多钱才弄出普通晚宴上的一道配菜，皇帝沉溺的到底是什么样的筵席呢？紫衣食客吃了都会打嗝儿的东西……

尤维纳利斯《讽刺诗》4

雉鸡很容易在市场上买到，那天早上凯基利乌斯就去过了。火腿馅儿饼甚至更容易，因为只需要把火腿从他自己的食品柜里的架子上取下来就行了。又轻又薄的酥皮面团包裹在一只薄薄的皮囊里，只待在马尼杜斯的厨房里擀好便可。

在集市摊位上购买野兔

野猪听起来似乎很难弄到，但凯基利乌斯与屠夫们有联系，一旦有了新货，他们就会提醒他。此外，野猪尝起来肯定带有些微腥味，所以肉的——嗯——成熟并不是什么大问题。问题是母猪的乳房。

所有其他的材料都被塞进乳房，只要一切开就会滚落出来。因此，你需要一只大的乳房。这意味着你需要一只尚在哺乳的母猪。也就是说你需要一个准备在仔猪断奶之前牺牲繁殖期母猪的农民。你必须击败罗马所有其他厨师方可得到这些乳房，因为乳房出售的消息之于厨师好比水中的血液之于鲨鱼。

因此，凯基利乌斯竭尽全力将女主人的关注点引向其他菜肴。他巧妙地暗示了虎排或长颈鹿肉片的奇异魅力（最近在斗兽场上演的一场表演中，这类动物和其他动物的死亡数量达到了数百只。罗马人对此秉持的态度是“不浪费，就啥也不缺”，几乎所有在竞技场上被屠杀的动物最终都被送上了罗马人的餐桌。凯基利乌斯甚至尝过鳄鱼肉，他发现鳄鱼肉出乎意料地细嫩而多汁，很像上等鸡肉）。

虽然这激起了女主人的兴趣，但丽奇妮娅还是决定，由于事关她的名声，她宁愿谨慎行事。如果一个上流社会的阔太提供的大象肉末味道不佳，她也许可以一笑置之，但一个挣扎在上流社会阶梯上的人就冒不起这个风险。

在这种情况下，凯基利乌斯建议，女主人不妨尝尝他的招牌菜。从来没有哪一场晚宴不对这道菜欣喜若狂的。谁不喜欢用橄榄油煎的牛奶蜗牛配上腐烂的鱼肠酱吃呢？凯基利乌斯在他自己的厨房里有一只特殊的笼子，里面装了一批罗马蜗牛——罗马的一种可食用蜗牛。晚餐的订单一到，就要把这些蜗牛倒进装有牛奶、葡萄汁和大麦粉的罐子里面。每隔几小时，就会有一个奴隶过来清理粪便，这些蜗牛只顾狼吞虎咽，直至最后变得太肥而无法缩进壳里。接下来就可以放进最鲜美的特级初榨橄榄油中煎炸了。

为了给这一味觉盛宴画上圆满的句号，凯基利乌斯量出两茶匙鱼露（liquamen）。这种咸鱼露深受罗马人珍爱，他们每年从西班牙进口成千上万罐。鱼露最好是在西班牙炎热的阳光下调制而成，在这里鱼的肠子被扔进盐水中进行液化，再经细布过滤，液体（富含蛋白质和维生素 B 族）作为鱼露销售，半固体的残余物作为鱼酱（garum）销售。

香菜煮扁豆食谱

先煮扁豆。煮出泡沫（打去浮渣）后加入（捣碎的）韭菜和绿色香菜。如果没有捣碎的话，就将薄荷油、泽兰草根、薄荷籽和芸香籽加进香菜籽里一同捣，之后用蜂蜜和醋、一些鱼酱（如果没有鱼酱，可用酱油代替）和浓缩葡萄汁（如果市面上缺货，也可用葡萄糖浆）浸润。最后待扁豆快煮熟时，加入橄榄油，撒上胡椒粉。

阿比修斯 192

凯基利乌斯在描述这种烹饪的乐趣时，确实充满了诗意，却无济于事。莉西尼亚态度坚决。如果“四味药”上得了皇帝的餐桌，那么就肯定能为她的餐桌增色不少。开胃菜（画眉面包小烤饼）和甜点（酒制蜂蜜蛋糕）可以由厨师酌情选择和准备。但如果他不打算为她烹制“四味药”，丽奇妮娅则会另寻厨师的。

无奈之下，凯基利乌斯派了一个仆人到罗马城外的一些小农场上去转转，吩咐他必要时可以买下整头的猪，只要他能带回珍贵的乳房。整个上午，凯基利乌斯都在准备其他的食材，心里越来越焦急地等待仆人归来。令凯基利乌斯崩溃的是，他回来的时候竟然两手空空。

无肉香肠食谱

将葡萄汁（初酿的发酵葡萄酒）倒在面粉上，加入（捣碎的）茴香和枯茗籽、猪油（或植物起酥油）和奶酪碎（山羊奶酪亦可）。揉成面团，做成卷饼，下面垫月桂叶烘烤。

加图《农业志》121

凯基利乌斯除了诉诸厨师的最后一招，让自己听凭同行摆布之外，别无他法。仆人被派往城里的其他厨房，询问谁家有母猪乳房，并告诉他们凯基利乌斯愿意为此付出一切，包括他的长子作为回报。那天到了傍晚时分仆人才有所斩获。台伯岛边上的一位厨师正在为一场晚宴准备“四味药”，一个名叫伊西斯的女祭司要宴请当地的达官显贵。

在最后一刻，女祭司发现，由于当地有几个达官显贵是犹太人，母猪的乳房被断然地从菜单上划掉了。厨师说，如果凯基利乌斯能够提供一套他著名的罐炖野兔肉作为替代品，就可以让他拿走猪乳。这就需要凯基利乌斯亲自去到台伯岛，并随身带上几块新鲜的（鱼类）庞塔斯鲟鱼片。女祭司的厨师惊讶地发现，罐炖野兔肉也会像猪肉一样完全地违反犹太人的饮食要求，便心存感激地交出母猪乳房，把鱼换下。

作为意外收获，猪乳已被洗净、腌制并准备就绪，所以凯基利乌斯回到马尼杜斯家后，所要做的就是用他备好的食材塞满乳房，然后烘烤。凯基利乌斯已经派了一个仆人先去宴会大厅准备烤炉，烤起画眉。所以当他出发的时候是只身一人，到得很晚，而且已是筋疲力尽。仆人走后，他必须自己带上所有厨具，像谚语所说的驴子一样负重前行。

在屋外遇见凯基利乌斯的奴隶提醒他迟到了，这与丽奇妮娅向她那个差劲儿的厨师破口大骂相比，算是最温和的指责了。凯基利乌斯直率但有礼貌地打断了她。

“夫人，我们可以讨论我一路上碰到的困难，我也可以立马为您的客人准备晚宴。如果您选择前者，我就站在这里听凭您的发落。”

凯基利乌斯很庆幸自己不是富人家的奴隶厨师，在这里，如此的放肆至少会招来一顿鞭打。这样的厨师即使是吃着饭也会受到身体上的惩罚，这并不罕见。诗人马提雅尔提到了那些“宁愿先宰了厨师再宰兔子”的主人。凯基利乌斯最大的损失是他的声誉，而且由于丽奇妮娅的声誉也岌岌可危，他知道她会放弃对他的最后通牒。

桌子上放着一只托盘，上面搁有一头大猪。我们所有的人无不对其烹饪的速度表示钦佩，发誓：即使是一只普通的家禽也不可能在这么短的时间里就烤熟了。

更令人赞叹的是，这头猪似乎比前一道菜上的野猪更大。几秒钟之后，一直紧紧盯着餐食的特里马乔惊叫起来："没有！没有！它被掏空了吗？没有！天哪，它没有。快叫厨师！"

厨师走了进来。他站在桌子旁边。他懊恼地承认，他完全把这事给忘了——忘得一干二净。"忘了？"特里马乔大叫道。"听他说的！你还以为他忘了加一撮胡椒或些许孜然。扒光他（给我抽）！"

片刻间，厨师就被扒光了衣服。他被特里马乔的两个打手架着，极其可怜。大家都开始替厨师出面干预："事已至此。这一次就原谅他了吧；如果他再犯，就不会有人为他说话了。"

就我个人而言，我简直是义愤填膺。我忍不住俯下身来，在（我的朋友）阿伽门农的耳旁喃喃低语："他一定是个糟糕透顶的仆人。天哪，你怎么忘了掏出内脏并把猪洗净呢？如果是由我来决定的话，此人休想得到宽恕，即便是对一条鱼出现如此粗心的差错。"

但是特里马乔却满脸堆笑。"那么，好吧！"他宣称，"如果你的记性不好，现在就去开膛剖腹吧，这样我们大家就都可以亲眼看见你已经做了。"

照此吩咐，厨师颤颤巍巍地提起刀子，一刀剖开了动物的腹部。剖口在来自内部的压力下扩宽了，一下子滚落出了一大堆香肠和黑色布丁。

> 顿时，所有的仆人都鼓起掌来……厨师也获赏了一大杯葡萄酒。
>
> 佩特洛尼乌斯《萨蒂利孔》49—50

厨房里热烘烘的，这本也应该。凯基利乌斯向他的仆人和烤炉女神福耳那克斯表示感谢，因为只要他一打开配料包，一切就都准备就绪。屋内配备了标准的罗马烤炉，这种烤炉个头不高，倚墙而建。这通常都是用砖或瓦片垒砌的，里面的空间可以容纳两个半圆形壁炉，外面有一个大而平的黏土顶。

烤炉旁边的架子上摆放着各式各样的罐子，凯基利乌斯对这些罐子的看法很是独到。烤炉本身基本上就是拱形壁炉中的两团明火，在壁炉中，原木已经烧成了大块的木炭。要在这个烤炉里烘焙，就需要选择一只大小和厚度都合适的罐子，加入涂油脂和其他所需的配料，并将整只罐子推进烤炉。然后就需要精心把控时间，以确保罐子的黏土保持在适当的温度，可以移动罐子，也可以取出木炭，还要不停地搅拌在烤炉平顶上加热的铜锅里的酱汁。取出罐子，小心翼翼地解开固定盖子的铁丝——转眼间，佳肴已经烤好，可以上桌了。

烤炉的品质也许不错，但屋内的其他部分就不怎么样了。像许多厨房一样，即使是在罗马最高端的家庭，这也是一件相当琐碎的事情，一家之主少有介入。不过，女主人就是另一码事了，因为她认为她有责任确保厨师不会通过奢侈的购买来侵吞家里的钱财，或者假装在购买材料时为不合标准的商品花了高昂的费用而将差额部分中饱私囊。凯基利乌斯很高兴地看到，这间厨房里至少储备了充足的食材，而且按照要求，经常做饭的人已经安排好了他所需要的所有香料和炊具。也许这场晚宴终将会进展顺利。

凯基利乌斯可能就要真正开始烹饪了。听到丽奇妮娅讽刺性的暗示，守门人把头探到了厨房门边。此时，出现了一个来自泰伊思洗衣坊的工人，他是凯基利乌斯的女朋友派来找他的，告诉他说有人找他。显然，他备餐已经晚了。

白天的第十二个小时

（18：00—19：00）

女祭司献祭

女神伊西斯，你就是一切。[1]

献给罗马女神的圣歌铭文

女祭司叹了口气，看着厨师凯基利乌斯留下的鲟鱼排。这些人应该都是专业厨师吧。那么，为什么他们就不能以女神的名义，费点心思去了解一下顾客的饮食需求呢？首先，就是她雇的那个笨蛋厨师，竟然还在准备母猪的乳房，尽管知道她有几个犹太客人要来参加晚宴。当然，有一点每一个罗马人都是知道的，那就是犹太人不吃猪肉。

---

1 原文为“Una quai es omnia，Dea Iset”。——译者注

事实上，女祭司本人也不吃猪肉。令她吃惊的是，她的许多罗马同胞也都如此，因为猪是如此不洁的一种动物。此外，在所有动物中，猪往往都在残月下交配，此时生命力正每况愈下。如此孕育出来的动物能带来什么好处呢？

最重要的是，正如女祭司耐心地向厨师解释的那样（当时克制住了用皮带抽他头这一与身份不符的冲动），埃及人都知道，那些饮用猪奶的人会突发麻风病和疥疮性瘙痒。然而，他想让客人们吃的正是挤出这种奶的母猪乳房？他打算做什么样的甜点——狼毒蛋糕撒上些致命的颠茄精？

这时那个傲慢的凯基利乌斯走了进来，他之所以如此傲慢，是因为知道犹太人也不吃野兔的肉——这是她那极其无知的厨师所不知道的。然而，他带鱼来了，好像伊西斯女祭司就可以吃鱼！当然，其他的埃及人是吃鱼的，事实上宗教因素也规定了他们必须在第一个月的第九天烤鱼。女祭司买鱼了，因为她的宗教规定她那天必须买。但是她一直把鱼放在她家外面人行道上的小炉子里烤着，直到这鱼在她家门前烧成了灰烬。

鱼是一种不纯净的生命体，因为它来自海洋，而海洋是一种多余的元素，是造物所遗留下来的不需要的物质。海洋对于耕种、饮用或任何其他用途都是无用的，如果诸神认为海洋不适合于利用，他们的女祭司就肯定不会吃不圣洁、不纯净和受污染的海水中的产物。事实上，女祭司只喜欢喝圣鹮啜饮的水，就像神圣的埃及菲莱岛上大神庙里的祭司一样——常言道，洁者决不可触碰不洁之物——圣鹮只饮用未受污染之水。

圣洁的天后，人类的慈母，您用您的恩典和慷慨哺育着苍生，乃至世界上最不幸的人。没有哪天、哪夜或哪个瞬间不在沐浴您的圣佑。您护佑着陆地和海洋上的人类，平息着灾难的风暴，不让（厄）运降临人世。上界的诸神敬慕您，下界的诸神尊崇您。

…………

您以圣命唤起风儿，让云朵滋润大地，让幼苗抽芽结出果实。天上鸟、山间兽、穴中蛇、渊之怪，统统因你的伟力而颤抖。

我神虚气弱，不能歌尽对您的颂扬；我辞藻贫乏，不能作为献祭奉上。我内心的情感无以言表，纵有千口万舌我也仍嫌太少。您可怜的崇拜者的所能只有时刻把您牢记，将您的尊容铭刻于心。

阿普列乌斯《金驴记》11.25ff

纯洁对女神伊塞特（Iset）的信徒来说非常重要，罗马人称她为伊西斯。所以，女祭司在准备献祭的时候，就会穿上亚麻长袍。与羊毛不同的是，羊毛长在肉身上，肉身会衰

老、腐烂、死亡，而亚麻出自永恒不朽的大地。女祭司在准备献祭的时候，已经去除了身上的每一根毛发，因为那既多余又不洁。那么，她为什么还要把自己裹在动物的毛发里面呢？亚麻布简朴、干净，又不易长虱子。

此外，她的长袍是在亚麻开花时采收的，甚至尚未染色，衣服在湛蓝的天空下闪闪发光。为什么要舍弃这样的衣服，去穿粗糙的羊毛长袍呢？现在，女祭司正在考虑的是她将在献祭之后举办的晚宴。从根本上说，这关乎社区关系。在罗马，世界上的每个民族都可以见到。有不适应意大利酷热，红脸、脱皮的布立吞人；有来自非洲沙漠深处皮肤黝黑的摩尔人；有一次，她竟然遇上了一个自称来自传说中的中国的男子，那个诞生龙、丝绸和传说的国度。

与一神信仰的犹太教徒和各种流派的巴勒斯坦巴力教徒不同，伊西斯的信徒是一个世界性的群体。埃及母神伊塞特现在成了慈悲的伊西斯，希腊人、罗马人、凯尔特伊比利亚人（Celtiberians）、伊索里亚人（Isaurians）和其他许多民族的人都向她祈祷。当然，他们也向其他的神祈祷，所有的人（犹太人和基督徒除外，女祭司认为他们简直就是疯子）都向罗马皇帝和罗马的守护神——伟大的朱庇特祈祷。就连女祭司本人也是单一神教；这意味着，尽管献身于伊西斯，但她也承认其他神的存在，有时甚至还会向他们祈祷。

庞贝伊西斯神庙里的女祭司雕像

关于伊西斯

与当时的其他宗教相比，我们更了解伊西斯宗教，因为当时的作家（兼祭司）普鲁塔克痴迷于这位女神，并且相当尊崇她。他的《伊西斯和奥西里斯》充满了对伊西斯信仰和仪式细节的描写。

困扰女祭司的一个问题是，她所在的那个地区有大量犹太人（犹太人喜欢住到一起，因为这样满足他们需求的学校、犹太教堂和肉店就都近在咫尺）。然而，由于严格的一神教，犹太人不参加她那个宗教的重大庆典——庆典趣味盎然、丰富多彩，且提供大量的免费食品，受到大多数罗马人的热烈欢迎。3 月 5 日的庆祝活动是一次从战神广场的伊西斯主神殿到台伯岛附近河段的巡游。那里有一艘船获得了正式祝福，代表伊西斯曾乘坐着游历世界、寻找爱子荷鲁斯被恶神塞特撒落到各地的肢体的船。

节庆活动充满了生机和色彩，当然也十分嘈杂、喧闹。女祭司今晚将要款待的大胡子长老们希望得到保证，10 月下旬的节庆会更安静、更有节制，少给他们的会众带来些不安。在今年 10 月的节日里，说实话，在这个带有宗教色彩的街头聚会上，人们将热烈庆祝伊西斯在塞拉匹斯神的死亡和复活中发挥的作用。女祭司今晚的任务，她希望，借助精心准备的鲟鱼片，婉转地告诉长老们，不，聚会将会一如既往地喧闹、放纵和狂欢，他们不妨习惯这个观念。

毕竟，伊西斯的信徒大多在公众视线之外，在与民众隔绝的神殿和圣坛里处理他们的事务。与专为罗马诸神举行的仪式不同，那些都是非常公开的事务，伊西斯的许多仪式则是神秘的，世俗的一切统统都被排除在外。就连女祭司今晚要做的献祭也将在圣坛封闭的围墙内进行，只有两名帮手在场。因此，伊西斯的节日会每年两次进入公共领域。常有好奇者向信徒询问女神及其圣礼，故而这些节日也在招募新人。在今年其余的时间里，伊西斯圣坛都与当地犹太教堂和别的教堂相安无事，只是会有一个古怪——有时非常古怪——的基督教传教士站在圣坛外面，谴责它是邪恶淫乱的黑窝（错位的指控！虽然妓女们经常在罗马神殿周围闲逛，这些神殿的门廊可以为她们遮风避雨，但伊西斯的信徒们实际上并没有普通民众那么放荡，因为他们的宗教要求在某些宗教庆典之前有一段禁欲期）。

于是，到了献祭的日子。夜幕降临后，来了许多祭司……所有的俗人都被勒令离开。他们在我肩上搭上了一件亚麻长袍，然后把我领到神殿最深处、最隐秘、最神圣的地方。

现在，作为一个具有献身精神的学生，你可能想知道我在那里都说了些什么、做了些什么。如果我可以告诉你的话，我肯定会告诉你的。但是如果你应该知道的话，你早就知道了。如果我再进一步纵容你那轻率的好奇心，那么你的耳朵和我的舌头都会因此而吃尽苦头。

阿普列乌斯《金驴记》11.23

罗马当局迫害伊西斯信徒的日子已经过去了，女祭司打

算温和地提醒客人们这一事实。她还打算提一下，正是因为信徒们私下里默默地信奉自己的宗教，才引起了罗马共和国元老院的怀疑。尽管说实话，元老院也不喜欢会众的世界性。奴隶、外国人和穷光蛋们在仪式上与出身高贵的女士和偶尔出现的贵族摩肩接踵，使祭祀女神的神殿成了煽动革命的理想场所。

结果，在公元前50年，伊西斯的私人神殿遭到取缔，执政官亲自带领一帮祭司和工匠对其中一座神殿实施了拆除。工匠举行了临时罢工，指出这是一座供奉伟大女神的神殿，拆除这座神殿可能会引起她的反感。于是，执政官埃米利乌斯·保卢斯脱下长袍，亲自抡起斧头，朝着神殿的大门劈去。反伊西斯情绪在奥古斯都时期达到了顶峰，当时罗马城界内所有的伊西斯神殿都被强行迁除了（是故今天在台伯岛附近有一座女祭司圣坛，就在边界外面）。然而，奥古斯都击败马克·安东尼和他的亲密盟友克里奥帕特拉竞选，从而结束了内战。在她的宣传中，克利奥帕特拉声称自己是伊西斯转世。女神对这个特殊想法的看法，从克利奥帕特拉和马克·安东尼后来的遭遇中可以很容易地推断出来。女神不喜欢那些徒然采用她名字的人。

提比略皇帝甚至拆除了那些圣坛，并将女神的雕像扔进河里。然而，卡里古拉和尼禄（皇帝们并非不愿享受美好时光）都是伊西斯的支持者。图密善皇帝当然也如此，因为当他的父亲韦帕芗向当时的罗马政府宣战时，就是假借伊西斯信徒之名安全逃离罗马的。此外，由于女祭司不会提醒客人，除非发生了一场公开的扔餐巾、扯胡须大战——在正式庆祝他们在公元 64 年至 70 年的战争中战胜犹太人的胜利之前，韦帕芗皇帝和他的儿子提图斯曾在伊西斯神殿里度过了所需的斋戒之夜。

伊西多尔

正如“西奥多”一词的意思是“上帝的恩赐”[1]一样，“伊西多尔”的意思就是“伊西斯的恩赐”。这让我们得以大致了解那个名字令人困惑的塞维利亚的圣伊西多尔主教的父母各自的宗教信仰。在他之后，中世纪希腊东正教的两位牧首（伊西多尔一世和伊西多尔二世）也宣称自己是女神的恩赐。

鉴于帝国的支持度如此之高，从官方层面看，代表团让当局迫使信徒们降低庆祝调门的可能性为零。与前任图拉真一样，现任皇帝哈德良非常热衷于埃及和埃及的事物。如今，对伊西斯的崇拜是极其体面的。如果一年出现两次相当宽松的情况，那么，譬如说，与 4 月下旬官方批准的花神节

1 Theodore，theo- 表示神、上帝，-dore 表示礼物。——译者注

庆典相比，这也仍然是相当体面的，花神节庆典以数十种设计独特的、放荡不羁的内容为特色。

女祭司演练完她的抗辩之后，准备从圣殿走过街道，回到家里去。与“官方”的罗马神殿不同，伊西斯圣坛和神殿统统都与街道隔绝开来。从圣坛的围墙后面传来了羊羔的叫声，这将是今晚的献祭。女祭司很喜欢这种动物，它的毛是红色的，因此为诸神所憎恶。罗马人相信神更喜欢用他们最喜欢的动物做献祭，例如，雅努斯喜欢公羊，战神马尔斯每年 10 月都要一匹马。然而，伊西斯的常识性宗教可以看出这种推理的缺陷。如果你献祭一只让神心悦的动物，那么你就杀了它。当然，众神更愿意看到被宰杀的都是他们不喜欢的动物，也更乐意看到它们从地球上消失（埃及诸神为什么不喜欢红毛动物有一个复杂的神学原因，在此无须赘述）。

最初，女祭司会把献祭动物的头扔进台伯河。然而，几次看到她这样做之后，路边的亚裔屠夫就开了个好价钱来买下献祭动物的头。经与神殿磋商，女祭司发现，这种更有利可图的处置方式整体来说也是正确的，所以她希望明天早上花一点时间为献祭动物的残余物讨个好价钱。

今晚，在她开始神圣而神秘的献祭仪式之前，还有一件更为平常的事情，那就是查明厨师为她准备了什么来代替被禁止食用的鲟鱼。厨师颇不高兴地承认，他已经决定要做到万无一失，彻底避开肉食。他告诉女祭司，她将吃到一顿简单而精美的晚餐，有洋葱碎坚果大麦饼。女祭司茫然地看着厨师。

“洋葱？我不能吃洋葱！”

有些人认为，没有任何非理性的、神话般的或由迷信引起的东西在他们的（伊西斯）圣礼中占有一席之地，但在这些圣礼中，有些东西具有道德的和实用的价值，而另一些东西在历史或自然科学的改良中也并非没有它们的地位，例如，与洋葱有关的东西。

有故事称伊西斯的乳婴狄克提斯在伸手去够一丛洋葱时掉进河里淹死了，这实在是不可思议。但祭司们远离洋葱，厌恶洋葱，小心翼翼地避开洋葱，因为它是唯一一种在月亏时自然地蓬勃生长的植物。

它既不适合斋戒，也不适合节日，因为它一则会使食用者口干舌燥，再则会使他们流眼抹泪。

普鲁塔克《伊西斯和奥西里斯》8

夜晚的第一个小时

（19：00—20：00）

香料商外出赴宴

如今，每年都有多趟前往印度的航行，商船上也都载有一队弓箭手，因为所经海域到处都有海盗出没。

老普林尼《博物志》6.26

丈夫出门的时候，香料商米伊里乌斯（Miyrius）的妻子吻了吻他的脸颊，告诉他："平安回家啊。"不管他是踏上前往亚历山大港和他们的祖国叙利亚为期两年的航程，还是像今晚这样出去赴宴几个小时，她都会说同样的话。与马库斯·马尼杜斯共进晚宴并非没有危险，米伊里乌斯轻轻打了个寒战。听到信使前来告诉他晚宴要推迟，米伊里乌斯确实猜测了一番，是不是因为女主人丽奇妮娅把原来的厨师给生吃了，而且还不加盐。

然而，跟与马库斯·马尼杜斯本人打交道所面临的危险相比，这个令人敬畏的丽奇妮娅根本算不了什么。香料商付出代价后才发现，马尼杜斯是一条温文尔雅的鲨鱼，就像任何一条从一个毫无戒心的商人的利润中咬去一大口的鲨鱼一样。他还会以他那种谦逊的方式向你眨眨眼睛，然后在你不经意间，你竟然胁迫他以高于市价 10% 的价格把仓库租给你，而且还强迫他签订了一份牢不可破的合同锁定这些条款。

米伊里乌斯回忆说，回到家后，他还为自己利用了马尼杜斯温柔的天性而沾沾自喜，甚至还感到有点愧疚。然后，那天晚上晚些时候，他醒来时方才意识到自己到底签了些什么。

然而，马里的米伊里乌斯已别无选择，只能再次与马尼杜斯讨价还价——尽管这一次，他们握手成交，过后他还是会小心翼翼地掰着指头算上一算。他刚刚得到消息称，“伊娥之子”（Io’s Child）号商船已经停靠在奥斯蒂亚了。这个“孩子”是一艘当时最具代表性的商船：船重 75 吨，载有大约 1500 只罐子。其中有 10 多只密封的罐子，上面打上了小铅封，标明它们是香料商米伊里乌斯的财产。

与普通的罗马罐子相比，这些容器有些奇形怪状，原因很简单，它们不是普通的罗马罐子。它们来自巴拉塞，印度西海岸一个几乎不为人知的城市。其中 6 只装满肉桂、熏香和生姜，另外6只装满磨细的黑胡椒粉，其价值几乎与运载它们的商船相当。

（印度海岸上的）这些集镇常有寻找大量胡椒和柴桂（一种类似肉桂的植物）的大型商船光顾。

这里还有很多进口的物资，比如金条、黄玉、细布和亚麻布、锑、珊瑚、粗玻璃、铜、锡、铅、葡萄酒……以及用作商船补给的小麦，因为这里的商人不提供。

出口商品包括胡椒，因为这里有一个名叫科托纳拉的地区，负责当地所有市场的供应。其他出口商品包括大量的上等珍珠、象牙、丝绸、恒河甘松、内陆的柴桂以及各种宝石，包括钻石和蓝宝石。

埃及游客最喜欢选择Epiphi（即7月）到这里来。

《红海航海指南》56

胡椒贵得惊人，买一磅胡椒要花去一个工人半个月的工资。然而，罗马人喜欢吃辛辣的食物，尽管他们的许多香料，包括胡椒，都必须从帝国境外进口。大多数罗马人不知道这种为他们的扁豆汤提味的黑色粉末到底出自何方，但是米伊里乌斯知道这种东西来自印度的喀拉拉邦［在那里，当

地人称胡椒为 kari；此后，curry（咖喱）就成了辛辣的东方菜品的代名词]。罗马烹饪书籍作家阿比修斯的几乎每一道食谱都含有胡椒，但就许多菜肴而言，胡椒显然是最昂贵的配料。

罗马用黄金支付胡椒和其他香料的费用，有时米伊里乌斯在想，每年从国库中运出成吨的黄金用于支付一种在消费后数小时就消失在帝国下水道里的奢侈品，这样做是否完全明智。正如博物学家老普林尼一个世纪前所说：

> 除了某种辣味，胡椒还有什么好推荐的？除此之外，它还不如任何水果或浆果。然而，就为了这一备受亲睐的品质，我们才不远万里从印度进口它！……胡椒和生姜在原产地都是野生的，但到了这里，我们得按重量购买，好似在计量金银一般。（老普林尼《博物志》12.14.7）

当你把胡椒这样贵重的物品进口到了罗马这样一个堕落的城市时，一个压倒性的需求就是将它存放在尽可能安全的地方。这就是米伊里乌斯今晚赴宴的缘由所在。他的东道主马尼杜斯不仅拥有一座仓库，以防可能从外面闯入的小偷，而且马尼杜斯的雇员是以不可收买而闻名。太多贵重的香料罐子会从锁着的房间里“蒸发”掉，要不就是上面的封条遭到野蛮破坏，里面装满垃圾，这对米伊里乌斯而言可谓司空见惯。马尼杜斯花费不菲，但至少货物出入库时在状况上没有出现二致。

丽奇妮娅邀请米伊里乌斯赴宴时，狡黠地补充道，作为商人，米伊里乌斯可能会对他们的一位客人感兴趣，此人曾远赴昔兰尼，将在饭桌上讲述自己的冒险经历。拜托！米伊里乌斯从未向任何人谈论过他的旅行，但在年轻时，他就已经航行到了很远的地方，建立了日后为他带来财富的诸多联系。果真是一个自昔兰尼归来的旅行者！仿佛到北非海岸一个小城的航行就可以被视为一次史诗般的冒险。米伊里乌斯知道世界很大，远远大于一般罗马人的想象，更不用说帝都这里的公民了，他们似乎认为文明止步于这座城市的标志石。

香料在运输途中。浅浮雕上的商人与骆驼

他还记得自己曾站在塔普拉班（后人称之为沙芮迪、锡兰或斯里兰卡）的海滩上。他和一名水手聊天，此人惊讶地发现自己竟然向西走了这么远，远离自己的家乡婆罗洲的卡蒂加拉港。婆罗洲北临大海湾，那是一片巨大的海洋，该水手称其为“南中国海”。米伊里乌斯还跟水手讲述了更为遥远的高卢和不列颠，以及一些关于西边更遥远的地方的传闻，水手虽然怀疑，但还是很有礼貌地听着。

塔普拉班……一直以来被视为另一个世界：亚历山大大帝时代，军队率先提供了令人满意的佐证，它就是一个岛屿。他的舰队司令昂西克里图斯告诉我们，这个岛上的大象比印度的更大，更适合于作战；我们从麦加斯梯尼那里得知，岛的中间有一条河，居民都叫帕莱奥戈尼（*paleogoni*），他们国家黄金和大珍珠的产量都比印度更大。

老普林尼《博物志》6.24

紧接着，水手讲述了他自己的一些荒诞的故事，讲述中华帝国的道路，比米伊里乌斯自豪地描述过的任何一条罗马道路都要大，道路如此之大，以至于为帝国官员和信使都留出了专门的车道。当米伊里乌斯质疑为什么如此伟大的帝国

竟然没有与罗马产生接触时，他被告知中国人确实做出了多方努力。可每次试图接触，都遭到了西亚帕提亚人的极力阻挠，这些人从丝绸之路沿线的贸易中获益颇丰，不想让任何人跳过中间环节。

那几乎是20年前的事了。米伊里乌斯是春天从叙利亚出发的。他首先在阿拉伯港口穆扎停留，按照父亲的指令，他在那里取得了进口香水和乳香的长期合同。随后，他自己又往前走了很远，在一些人称为“伊西斯之魂”的星斗（也有人称为天狼星，即“犬星”）升起之时到达了奥克利斯（Ocelis）。

奥克利斯是前往印度的主要登船点。年轻的米伊里乌斯算是幸运的，因为他们称为西帕卢斯的大风在他到达时才刮了起来，贸易船队的船只开启了它们的年度航行。不出一个月，米伊里乌斯就要与印度西海岸城市穆吉里斯的商人们一道把酒言欢。他将从这里取道陆路来到尼亚辛迪（Neacindi）人的土地上。这里的主要港口就在一条河的河口，这对米伊里乌斯很重要，因为胡椒是从内陆运到下游的。据与他交谈的商人们说，内陆的胡椒种植者把原木挖空，做成独木舟，装上贵重的货物，然后顺流而下到港口售卖他们的产品。

至桓帝延熹九年，大秦王安敦遣使自日南徼外献象牙、犀角、玳瑁，始乃一通焉。[1]

《后汉书》

像所有的长途贸易商一样，米伊里乌斯明白 1∶5∶28 的比率意味着什么。首先是在既定的贸易路线上海运土罐的成本。同样的运输距离，它的价格是河驳运输的 1/6，是用牛车由陆路运输的 1/29。所以说，从埃及进口谷物要比从意大利北部的波河流域徒步穿越亚平宁山脉更加便宜。

自公元前 246 年起，一条运河就把红海和尼罗河贯通起来了，货物自尼罗河顺流而下流向亚历山大城，再从那里流向罗马帝国的其他地方。米伊里乌斯带着他的第一批胡椒和香料沿这条路线返回，于 12 月下旬乘着东南风航行，在他出门一年多之后抵达他父亲在叙利亚的商场。

现在，在晚宴上，他就要听闻一次仿佛是去往天涯海角一般的昔兰尼之行。然而，他们餐桌上的香料正是来自真正的天涯海角，米伊里乌斯倒很想知道这天涯海角到底位于

1 此处文字据《后汉书》补全。汉桓帝延熹九年为公元 166 年，安敦即马可·奥勒留·安东尼·奥古斯都。——译者注

何处。

来自爪哇周边海域的旅行家们谈到了更为遥远的南方和东方。还有的商人谈到了位于非洲大沙漠中某个地方一座消失了的城市，除此之外还有一条浩瀚的黑河（拉丁语中“Niger”的意思是“黑色”），很可能是尼罗河的一条支流，但也可能不是。米伊里乌斯在庞贝有一个朋友，他的房子里有一尊雕像，他声称这尊雕像来自印度东北部；另一个朋友有一个来自图勒、制作奇特的护身符，“从不列颠向北经过六天的航行到达冰海的边缘地带”（斯特拉博《地理学》1.4）。这个图勒一定是一个了不起的地方，因为，如普林尼所言，“当太阳经过巨蟹座的标志时，就根本不可能有黑夜，就像仲冬没有白昼一样”。

腓尼基人从埃及启航，取道厄里特里亚海（红海）前往南方的海洋。在秋天到来时，他们无论航行到什么地方，都要靠岸登陆，在那里播种谷物，在那里一直等到庄稼成熟，采收之后，他们又继续航行。

整整两年过后，到了第三年，他们途经赫拉克勒斯柱（直布罗陀海峡）圆满完成航海任务而返航了。他们回来以后宣称：他们绕行利比亚（即非洲）最南端时，正午的太阳在他们的右边。我才不信呢。[1]

希罗多德《历史》第四卷

这个世界巨大而又陌生，只有商人在寻找新的商路和商品时才会去进行探索，但也未能找到它的边界。有时米伊里乌斯想弄明白，那些据称赐予罗马人“无限帝国”的诸神是否意识到，他们实际上只赐给了罗马人一小片海域边上的一小块土地。

米伊里乌斯一边思考着，一边沿着鞋匠街走上西莲山，此时鞋匠们的货摊已经打烊，但现在还是傍晚时分啊。跟在身后的是他的两个呆头呆脑的雇员，他们既是保镖也是火炬手，他们将为他照亮回家的路。其中一人扛着一捆合服（synthesis），或者叫餐服，这是米伊里乌斯到达目的地时将要换上的衣服。毕竟，虽然托加长袍是罗马人通常的正装，但它需要在身体上精心地包裹，还要通过弯曲的肘部来固定。整件衣服无扣无结，完全不适合就餐穿用。

然而，罗马人不喜欢在公共场合看到裸露的肉体，因此就出现了合服，一套色彩鲜艳的衣服很容易在餐前进行搭配（基于这个原因，任何人工搭配的东西在后世都被称为“合

1 事实上，在南非开普敦的中午，当你向西看的时候，太阳确实在你的右边——也就是说，在北半球，正午的太阳在你的左边。

成物”）。而实际上只有像前皇帝尼禄这种堕落的人才会把合服当成日常的服装来穿着，因为作为晚礼服，这样的服装最能展示财富和地位。例如，米伊里乌斯穿的是藏红花色的丝绸，裙边绣着紫色的龙，以此来显示他可以获得东方的财富和宝藏。

因为这件衣服价值连城，米伊里乌斯对街上可疑的举动都保持警惕。结果，他的目光立刻被躲藏在对面人行道上那个戴头罩的身影吸引住了。如果说有人蓄意潜藏的话，那就是这个家伙。然而，他显然是在等待米伊里乌斯离开视线，才能实现他那邪恶的目的，而不是针对米伊里乌斯本人。香料商人最后好奇地瞪了这人一眼，然后直奔那恭候着他的商务宴会和躲不过、避不开的薅羊毛之局而去，而这一切正是由那个温柔眼、铁石心的马尼杜斯一手布设。

夜晚的第二个小时
（20：00—21：00）

妓女营业

任何认为应该禁止年轻人与妓女发生性行为的人，都真正算得上一个道德上严肃的人！……他与过去的和现在的道德观念都格格不入……因为这样的事什么时候停止过？谁批评过，谁反对过？

西塞罗《为凯利乌斯辩护》20

玛米拉从来没有想到她会惦记她在拉伦提雅妓院的房间。她通常工作和生活的妓院是以那个有（恶）名的阿卡·拉伦提雅命名的。这位女子与罗马的创建者罗穆卢斯是同时代的人；确实有传她是这位创建者的养母。在接待包括赫拉克勒斯在内的那个时代的大人物的生涯（尽管事实上，当时的女子几乎未能摆脱这种命运）结束之后，拉伦提雅结婚了，并且婚姻美满。她度过了一段幸福的晚年，去世后把大笔财富留给了罗马人民。每年 12 月 23 日，人们仍会庆祝一个节日——拉伦提雅节，来缅怀她。

玛米拉的理想也是嫁个好人家从而摆脱现在的生活。然而，她也明白，这是一种奢望，她与几乎每一个频繁光顾这座城市的妓女都有这样的奢望。因此，潜在的丈夫资源几乎已被猎获殆尽。无论如何，玛米拉对什么是正常的罗马家庭生活只有一个最模糊的概念。妓院是她唯一真正记得的家。像许多罗马的街头流莺一样，玛米拉在出生时就被“收养”了。这里的“收养”意味着她刚一生下来就被遗弃街头，由妓院里的人捡回来抚养。

罗马实行一种野蛮的所谓“产后节育”。据此，玛米拉这类被遗弃的孩子就被连同垃圾一起扔了出去。不幸的会被野狗撕成碎片，幸运的会被捡回来当作奴仆抚养，最幸运的就会被无儿无女的夫妇当作自己的孩子悄悄收养。

在 2 岁到 5 岁期间，玛米拉确实在一个富裕人家度过了一段时间。她是被妓院租出的，妓院当初“收养”她就是要让她成为“小甜心”，既是玩偶，又是这对夫妇合法女儿的伙伴。然而，这种导致玛米拉今晚流落街头的桀骜性格，也使得她在领养家庭中待不下去。

此后，玛米拉被送回妓院，她原本就是从这里被租借到那家人去的。在其后的几年里，她成长为一名梳洗女奴。也就是说，有个女孩在坐台妓女每次合欢之后帮着清洗和打理头发，偶尔也会用一杯未加水的葡萄酒提振她们的性欲，为下一次邂逅做准备。作为靠着妓院营生的女子们的干女儿，玛米拉并不觉得生活太糟。她只是想当然地认为，只要这个鸨母（照料妓院的姑娘们的人）采纳医生的意见，认为她已长成[1]（有能力应付男人），她就会得到自己的房间，开始常规的工作。

情况并非如此，因为在她开始接客之前，就发生了骚乱。也许店主没给地头蛇任何好处，或者与市政官员闹翻了。玛米拉只记得几个身材魁梧的男人，手提棍棒打砸店面，殴打并强奸女孩。她逃走了，发现自己独自一人流落街头。很快，她转向了她所知道的唯一的谋生之道，靠做暗娼危险地挣口饭吃（她原来的主人发生了些什么，玛米拉就不得而知了。她一直小心翼翼地不去探究，因为自从逃离她之前的那个地方以来，她一直把自己视作一个自由人）。

一般来说，打算做妓女的女子都需要去到市政官那里，报上姓名、年龄和出生地。然后，她挑选一个假名作为她的工作用名，因为大多数家庭更希望从事这种工作的女孩放弃原有的姓氏。然后，这位市政官就为这个女子颁发执照，对她应该收取的费用做个粗略的评估（这可不是免费的咨询，因为她需要按客人头纳税）。

1 原文为 viripotens，强有力的、堪为人妇的。——译者注他（卡里古拉）是第一个对妓女的收入按每期收入的百分比征税的人。他还增加了一项条款，规定所有曾经做过妓女的人都应该缴税，即使现在已经结婚。

苏维托尼乌斯《盖乌斯 · 卡里古拉传》40

历史学家塔西佗义愤填膺地讲述了一个名叫维西提利亚（Visitilia）的女贵族的故事。她因诸多事务而面临处罚，只想通过申领妓女执照（licentia stupri）来规避法律制裁。市政官们找不到不给她的理由，而她又不愿意善罢甘休，但现在却要为此付出代价。

虽然许多劳动阶层的罗马人认为合法卖淫只是另一种职业选择，但未做登记的女孩充其量只能勉强度日。她不得不与最廉价的合法街头流莺竞争，而她们中大多数人只不过为了一块面包和一杯酒而已。因此，玛米拉认为自己还算幸运，因为她遇上了西里库斯（Syricus），一个邪恶的小灵狗式男子。经过仔细磋商，两人结成了伙伴关系。玛米拉会把目标引诱到小巷或僻静的壁凹里。在那里，她那潜在的客人会在西里库斯匕首的胁迫下乖乖交出钱包、衣服和任何其他值钱的东西。

玛米拉十分清楚，galina（强盗妓女的称谓）的生命往往会在某一条莫名的小巷子里，抑或在竞技场上戏剧性地胡乱了结（治安官们喜欢在惩戒她这个行当中那些被判有罪的妇女的时候，挖空心思，变着法子施虐）。玛米拉虽然能从犯罪所得中获利，但她还是在盘算着逃跑。

鲁巧（化身为驴时）对公开与女性发生性关系的前景感到震惊：

一个士兵跑到牢房里把那个女子带了出来。正如我前面所说，她被指犯有多项罪行，在与我交媾之后将要被扔到野兽群中。为此，他们正在准备一张长沙发，上面饰以印度玳瑁、羽绒褥子和华丽的丝绸被单。

我不得不蒙受羞辱，当众与那个肮脏的女人发生性关系，这简直糟透了。但我也害怕丢了性命。一旦我们投入了维纳斯的怀抱，他们会放出什么样的野兽来吞噬这个女人呢？不管放出的是什么，它几乎都不可能在撕咬她的时候表现得训练有素、异常温柔，也不可能放过夹在她两腿间的这个无辜的畜生。

阿普列乌斯《金驴记》10

玛米拉一面小心翼翼地积攒着不义之财，一面想法摆脱西里库斯（据报，他仍在寻找她），她改名换姓并向当局做

妓女脱掉托加长袍，马赛克镶嵌画

了正式登记。此后，她在镇上另一边的拉伦缇雅妓院租下一个房间。“房间”言过其实——玛米拉租下的只是一个狭窄、无窗的旮旯，用一张帘子将它与主走廊隔开。帘子旁边挂着一块小牌子，上面写着她的名字、价格和特殊项目。背面就写了一个“忙”字。顾客进去后会把标牌翻转过来，让其他人明白他们必须等候轮到自己。

玛米拉的隔间里有一张坚固的混凝土床，还有一张相当厚的床垫，上面盖着一条毯子，出于显而易见的原因，这毯子需要经常更换。玛米拉最不喜欢这个房间的一点就是通风不畅。结果，尽管她经常洗澡，她还是不断地闻到油灯冒出的烟味（她这种工作一个附带的好处是，因为她本来就不正经，所以有男人到来时，都不会不让她去洗澡。她不仅可以在一天中的任何时候洗澡，而且通常在到达后的15分钟内就可以赚到入场费）。

这不是她想要的生活，但是直到昨晚，玛米拉可能才觉得自己过得还不错。诚然，她攒钱养老的美好愿望似乎在阿摩尔盖斯服饰或阿拉伯香水面前烟消云散了，但她有稳定的工作、忠实的客户群，而且她大部分的人生都在等候着她。

在花神节上，人们纵情声色。妓女们借自己的言论自由大肆宣泄形形色色的污言秽语。在乌合之众怂恿下，她们脱光衣服，忸怩作态，以扭动的臀部挑逗观众。

拉克坦提乌斯《神圣原理》20，6.

后来，曼西努斯这个傻瓜市政官，不得不在午夜以后来敲她的门。玛米拉并不后悔把花盆砸到了这个官员的头上，事实上，她还暗自为自己手稳、目标准而感到自豪。然而，她也非常遗憾，她的鲁莽行为让妓院停了她的职，直到下周出庭。

此后，如果曼西努斯的威胁得逞，玛米拉就将被判充当罗马军队营妓的奴隶。这是一桩苦差，要持续不断地提供服务，只有在部队作战中出现了恐怖时刻时，才可能得到少许的歇息。营妓往往最后进食，如果发生危险，也是首先被遗弃的。基本上，这相当于一个自由人被判进了奴隶堆。

因此，在接下来的一周里，玛米拉将成为一个“九时女孩”（nonaria）。这是对街头流莺的称呼，只有当大多数人在昼九时（下午 3 点）下班以后才允许她们执业。她希望竭尽全力把钱攒够，找上个律师探讨一下应该如何向法官提出辩护。

就是出于这个原因，现在的她才正在为自己漂泊到了卡莲山脚下而捶胸顿足。这座山本身就是一个受人景仰的堡垒（或者，至少住在附近的人都养得起自己的奴隶小妾，仅仅这一点差不多就能够赢得人们的景仰）。山脚下到处都是工匠，他们靠着住在山上的人的光顾为生，这些工匠的摊点大部分在晚上都不营业。顾客不多。此时，再去苏巴拉（the Subarra）或埃斯奎里山脚下的卡利那（the Cariniae）都已经毫无意

罗马情色油灯

义。这片地区到处都是妓院、酒馆和自由职业者，坦率地说，玛米拉这人不太喜欢竞争。

一个男子让他的奴隶怀孕了。在孩子出生时，他的父亲建议杀死孩子。这个智者回答道："杀了你自己的孩子，再让我杀我的吧。"

《笑话集》57

她在考虑是否要搬到斗兽场去，看看能否在喷泉周围揽到生意，还是就在这尊巨大的太阳神雕像脚下，这里就是因这尊雕像而得名［巨大的竞技场俯瞰着斗兽场区域，这里的拱门（fornes）本身就很受妓女们青睐，据说"淫乱"（fornication）一词就出自于此］。然而，玛米拉看到一小伙人沿着"鞋匠街"走来，便停下了脚步。

不，这是一起突击搜捕行动。看上去这帮人好像要去参加社交集会；而在这个时候，他们无论如何都要迟到了。这个衣着考究的亚洲人显然是这个群体的首领，他瞥了她一眼，很快就把她从脑海中抹去。跟在后面的随从也不理睬她，而是盯住街对面两个长相古怪的家伙。

其中一人披着斗篷，很显然试图要避开人们的注意。另一个看上去是一个孔武有力的暴徒，他漫不经心地朝街亭后面走去，然后在那里停了下来，为的是不引起人们注意。这个头戴兜帽的男子在这帮人的监视下苦苦等待着，直到晚宴开始，然后他紧张地四处张望，寻找那个暴徒。而此时暴徒已经看到了玛米拉，两人都以互相揣摩的眼光良久地打量着对方。

如果你想要销魂，就找阿蒂斯去吧。她只要 16 枚铜币。

庞贝涂鸦，《拉丁铭文大全》4.17.61

似乎并不难发现玛米拉在那里做什么。她不像 *dorides*（那些赤身裸体站在妓院和酒馆门口勾引路人的女子）那么明目张胆，但她穿着托加长袍。穿在罗马男人身上，托加长袍是一种体面的象征。穿在一位可以用贞操来做交易的罗马女人身上，托加长袍反倒成了一种非常实用的服装。它没有扣件，两肩熟练地一扭动就滑落到了地上；到了地上，这种衣服——实则是半圆形的厚羊毛织物——就成了一条柔软的毯子，接下来就能派上用场。

那个头戴兜帽的男子追随着暴徒的目光，很不耐烦地说了些什么。暴徒极不情愿地继续往前走，玛米拉满怀希望地尾随其后大约 40 步远的地方。这个头戴兜帽的身影在一扇小门前停了下来，这扇小门嵌在一堵原本毫无特色的墙上。兜帽人鬼鬼祟祟地四处张望了一番，这一举动甚至引起街上仅有的几只鸽子注意，随后就溜了进去，一边对着暴徒嘀咕了几句，随即便是银光闪闪的易手。

当暴徒走过来时，玛米拉嬉皮笑脸地站着不动。

金发女郎教会我憎恨黑发女孩，所以我要尽我所能去恨她们。不过，我倒更愿意去爱她们。维纳斯·菲西卡如是写道。

庞贝妓院中庭墙上的涂鸦，《拉丁铭文集》6.14.43 1520

“嘿，老哥。有东西给我？”

被头盔划得伤痕累累的额头，肌肉发达的躯干，他要么是一名身体发福的退役老兵，要么就是一名角斗士。

角斗士的兴趣显而易见，不仅仅表露在他的表情上。他伸出手，拿出相当于一天工资的硬币。

“我的委托人说要把这些东西给你，你忘了你曾经在这里见过他。”

玛米拉伸手接钱，但角斗士顽皮地把手抽了回去。“哼。你想要它，你就得挣啊。我本该值守那边那扇门的，但我想我们在那条小巷子里完全能够看得到。成交？”

不等她回答，他便漫不经心地抱起玛米拉，把她当成一捆洗好的衣服塞到腋下。他坚定地朝着阴暗的便道走去，玛米拉脱落的托加长袍拖在身后，好似婚纱。

玛米拉向平民保民官提起上诉，声称曼西努斯穿着派对服装来到她这里，并试图破门而入……保民官的裁决是，如果他（曼西努斯）是去参加派对，就会得到公正的对待；如果以官员的身份去到那里，就实在不成体统了。

奥卢斯·革利乌斯《阿提卡之夜》4.14

夜晚的第三个小时

（21：00—22：00）

占星师占星

永远把宇宙视为一个单一的生命体，有形也有魂。观察事物如何与感知关联，即对这一生命体的感知。领会所有的事物是如何运动的，以及万事万物是如何与其他事物相互作用的。领会生命之网是如何形式形成的。

马可·奥勒留《沉思录》4，40

当占星师巴尔比卢斯的客户走进房间时，他不禁双手掩面。众所周知的强大的罗马元老院领袖卢修斯·凯奥尼乌斯·康茂德无情的幕后操手、众所周知的阴谋大师奥费拉，怎么会在实际的秘密行动中表现得如此糟糕？

巴尔比卢斯不知道，当他在众目睽睽之下在罗马大街上躲躲闪闪时，他真的会举着一块写有“我发誓我不会干好事”的牌子吗？巴尔比卢斯不希望这样，因为他最不想发生的是让今晚咨询的消息被泄漏出去。他和奥费拉今晚的所作所为可能会被视为叛国，因为他们试图发现哈德良皇帝将于何时以何种方式死去［哈德良本人对此并非一无所知。皇帝天生就是一个占星高手，每年一月首日（kalends），他都会写下来年将要发生在他身上的一切。事实上，据传，他已经把离世那个时刻将要做的事情记录在案］。

显然，皇帝们并不热衷于让公众知道他们会在什么时候死去，以免政敌高层人物认为这是一个确保他们真会死去的黄道吉日。因此，为帝王占卜的企图最终往往都会遭到阻止。然而，也有如这位客户这种级别较低的议员，对他们来说，知道什么时候更换统治者并非政治上的权宜之计，而是简单的生计问题。除了为皇帝占卜，巴尔比卢斯还因为给奥费拉的恩主卢修斯·凯奥尼乌斯·康茂德和他的劲敌佩达尼乌斯·福斯库斯·萨利纳托尔占卜而发了一笔小财。简而言之，奥费拉想要的是关于哈德良死后会发生什么以及谁会接替皇位的描述。

有占卜师警告恺撒，在三月份罗马人称之为“月中日”的那一天，他将面临极大的危险。那天黎明时分，恺撒在去往元老院的路上碰见了先知，并开着玩笑地

对他说："看哪，三月份的月中日已经来临。"

"是啊，"先知嘀咕道，"可还没有过去呀。"

普鲁塔克《恺撒传》63

倾刻间，巴尔比卢斯想起了一则流行的笑话：一个女人去找占星师，请他为她生病的儿子占卜。得知这孩子将长命百岁而且生活富裕，她便心生感激，承诺第二天就付钱给占星师。"现在付吧，"占星师说，"以防万一。"

虽然这实际上与占星无关，但巴尔比卢斯相信他可以肯定地预测到哈德良皇帝即将归西，其原因将是心脏疾病。几年前，当皇帝为罗马和维纳斯神殿举行落成典礼时，他就在人群中间。碰巧，哈德良从旁边经过时离得很近，让占星师留意到了皇帝耳垂上的横向褶痕。巴尔比卢斯自己的耳朵上也有类似的褶痕，根据他的家族经验，有这种标识的人往往会因充血性心力衰竭而早逝。考虑到他的职业给皇帝带来的压力（到目前为止，罗马 12 位皇帝中有 8 位或死于暴力，或死于高度可疑的境遇），人们可以假设，即使是健康的帝王心脏也会承受一定程度的压力。如果哈德良患有轻度的冠状动脉缺损，那么他的命运就会写在他的耳垂上，而不是天上的星星。

奥费拉急于在星图上展开工作。他派了一名角斗士守卫大门，以确保不会出现任何干扰。他既已推牌，就希望尽快完成此事，然后把它忘掉。第一个问题，也就是在过去一周阴谋家们碰上的障碍，是精明的哈德良无意让那些想为他占星的人轻易得逞。因此，没有人确切知道他出生的时间和地点。

通过非常谨慎的调查，奥费拉发现皇帝在 1 月 24 日这天庆祝他的生日，他出生于罗马建城之后第 829 年或后来推算的公元 76 年。这意味着太阳处于宝瓶座位置，而哈德良拥有着宝瓶座、摩羯座和双鱼座的主导星座，主宰着天王星和太阳。到目前为止，一切都很不错，但是月亮上升的角度是由出生地决定的，有些人说他的出生地是在西班牙的伊塔利卡，也有些人坚持认为他实际上是出生在罗马。当然，哈德良并不急于澄清这当中的疑惑，他的代理人也一直在追问询问者想知道这些细节的确切原因。

最后，巴尔比卢斯决定，最简单的办法是占星两次，每个位置占一次，乐观地认为就出生日期而言，哈德良并没有欺骗的故意。

另一则流行的笑话阴险地闪现在占星师的脑海中：

有个年轻人在国外旅行时，拜访了一位占星师，询问他出门期间家人的情况。占星师查看了年轻人的星座日期后，深信不疑地告诉他，家里一切都好，父母安康。

"等一下，"年轻人说，"我父亲已经过世 15 年了。"

占星师又看了看星图，同情地对年轻人说：“你不知道你的亲生父亲是谁，对吧？”

巴尔比卢斯家族

巴尔比卢斯一世是著名占星师塞拉西卢斯的儿子，他是提比略皇帝的朋友。悲惨流亡中的提比略，为了预测未来的成功，曾经打算将塞拉西卢斯抛下悬崖。然而，塞拉西卢斯指着一艘船，准确地预言出这艘船带来了提比略复辟罗马的消息。

塞拉西卢斯的儿子是克劳狄一世、尼禄和韦帕芗的宫廷占星师。在为这三位截然不同的皇帝效力之后，他撰写了一篇占星术方面的论文，其中的一些片段留存了下来。哲学家兼文学家塞涅卡形容他为“博学人士”。大约在哈德良降生的时候，巴尔比卢斯在以弗所去世。

他的女儿名叫克劳迪娅·卡皮托利娜（Claudia Capitolina）。如果她生下的是儿子，那很可能就是这里所描述的巴尔比卢斯。

换句话说，进去的是垃圾，出来的就是垃圾。巴尔比卢斯根本不知道他用来预测哈德良未来的信息到底有多高的准

奥古斯都是摩羯座

确性。但确实知道这项工作从前也有人做过——哈德良从他的叔父埃利乌斯那里学到了他的占星学技能，埃利乌斯被认为是当时最伟大的专家之一。他透露哈德良的星象满足了帝王星象的主要先决条件，其中：

> 处于中心位置上的太阳和月亮同样受到了其他五颗行星的侍奉。最重要的是，太阳和月亮都位于重要的关键点，也就是说，位于占星点或中天，因此它们受到了所有行星的侍奉。结果，这些相位使得出生在这一相合之下的人成了统治许多国家的国王。
>
> 《尼西亚（Nicea）的安提戈努斯天文学》

拥有一个能够占卜帝王星象的叔父，无疑是一件喜忧参半的事情。当一个名叫维提乌斯·庞普斯提乌斯的人发现自己拥有帝王星象时，他认为这是一桩有趣的怪事，后来那个不开心的时任皇帝（图密善）处死了他，以绝后患。

也许图密善之父韦帕芗的做法更为明智。当线人为他带来一个议员的消息，称此人的星象（错误地）预言他将成为皇帝时，韦帕芗并没有杀死这个人。相反，他给了这个人一大笔财产。儿子问韦帕芗他到底在玩些什么把戏，这个老谋深算的老皇帝回答说："看来有必要让这人欠下我们一份大人情。"

巴尔比卢斯整理他的数据时，又遇上了另一个障碍。奥费拉原来是个爱指手画脚的占星师。两人就数据的几种解读争执不休，他们在神学上的分歧就此暴露无遗。奥费拉信奉埃及托勒密的学说。托勒密无疑是一位伟大的占星家，他的著作将决定未来占星术的进程。他史诗般的著作《天文学大成》和《占星四书》注定要流传若干个世纪，即使没有数千年；它们对天体现象的阐释是如此精到。

克罗狄斯·托勒密

托勒密出生于埃及，日期不详，他在公元2世纪初完成了自己的佳作。他的数学可能基于士麦那一个叫泰昂的人的著作，此外，他还获得了亚历山大图书馆丰富的资料。

他的著作《天文学大成》在罗马其实并不是这样叫的，因为这个词是由希腊语翻译成阿拉伯语的，到了中世纪才被翻译成拉丁语。与欧几里得的《几何原理》一样，是历史最为悠久的科学文献之一。

托勒密将他那个时代的天文现象描述得非常之好，使得他的地心说理论在望远镜发明之前一直得以存续。如今，“托勒密宇宙”被用来描述一种解释所有已知数据的理论，虽然完全是错误的。

然而，托勒密是最近突然出现在占星术领域的一种现象。虽然他俘获了为数众多的追随者，比如这个令人讨厌的奥费拉，但有许多像巴尔比拉斯这样的专业人士更喜欢采用马库斯·马尼利乌斯的体系，他的研究比托勒密早了好几代人。巴尔比卢斯家族一直以来都是占星师，奥费拉之所以选择向巴尔比卢斯咨询，是因为有传言称，马尼利乌斯亲自将《秘诀》传给了巴尔比卢斯的曾祖父特拉叙卢斯：如何通过占星术测算人的寿命。

“但是托勒密让占星术变成了一门科学，”奥费拉争辩道，“就看看他的数学公式吧。”

“马尼利乌斯体系对图密善有效啊！”巴尔比卢斯反驳道。

此时出现了短暂的停顿，两人反思了已故且无人惋惜的皇帝图密善与他帝国时代的占星师之间的关系。譬如，占星师阿斯克列塔里奥就是一个例子。这个《秘诀》的初学者并没有假装他不知晓未来。在皇帝面前，他坦承他已经查验过自己的命运了。他说，他的尸体会被野狗撕成碎片，而且这种情况很快就会发生。图密善认为，如果此人认为他自己即将死去，那么他就应该被证实是正确的。否则，他就是一个厚颜无耻的江湖骗子，无论如何都应该被处死。

于是，他处死了那个人。但他下令，不得把尸体扔给狗吃，而要厚葬。后来，在皇帝进餐的时候，一位客人提到了一桩怪事：火葬柴堆被一阵突如其来的大风掀翻，侍从们还来不及阻止，野狗已经把死者的尸体撕得粉碎。死者就是一位名叫阿斯克列塔里奥的占星师。

图密善还被一则预言所困扰："月亮进入宝瓶座的时候，上面会带血，这种情况将广被世人谈及。"从他去世前一天的晚上开始，月亮确实是血红色的——如果来自南方的风把撒哈拉沙漠的沙尘卷到高层大气中，就会发生这种情况。问题在于，正如很在意占星的图密善所熟知的那样，此时的月亮将在当天的第五个小时进入宝瓶座。

这一情况，连同其他的迹象和征兆一起，让图密善得知他即将到来的死亡的确切时辰。时辰到了，皇帝提心吊胆地等待着，周围布满了所谓忠诚的卫兵。最后，他询问时间。按照安排，他的自由人谎报已经是第六个小时了。预言他死亡的时辰到来又过去了，图密善如释重负，他欣欣然匆匆离去，准备沐浴——可就在卧室里，他正好与刺客如期而遇。

为了使马尼利乌斯体系发挥最佳效果，占星师不仅需要确切的出生时间和地点，还需要受孕的时间，因为正如这位伟人所言：

> 命运主宰世界，万物都有既定的规律；每一个漫长的时代皆有其既有的命运。在我们出世的时候，便已开始迈向死亡，我们的结局取决于我们的开端。

与托勒密不同的是，托勒密更倾向于通过太阳星座占卜，而马尼利乌斯的追随者倾向于同等重视月亮和上升星座。这就是在托勒密体系确立前的几十年里，许多罗马精英都将一个不同于太阳星座的星座视为他们的占星星座的原因所在。譬如，根据托勒密的说法，奥古斯都皇帝（生于9月23日）是天秤座。然而，奥古斯都认为自己是摩羯座。摩羯座的人都是优秀的管理者，他们能力强，注重自身形象，奋发有为。他们的童年往往都很艰难，比如要应对疾病，要成为尤利乌斯·恺撒的门徒，还要在他遇刺后能够幸存下来。

在阿波罗尼亚退休之后，他和朋友阿格里帕一起去到占星师西奥吉恩的屋顶画廊拜访他。阿格里帕率先

询命，得到的结果是他将飞黄腾达，无与伦比；羞愧与恐惧交加，奥古斯都对自己出生方面的信息三缄其口，许久不愿道出，惟恐自己的命运被预测为不及阿格里帕。

然而，恳请再三，他终于开口道出，西奥吉恩立马从座位上一跃而起，向他敬拜。不久之后，奥古斯都对自己的辉煌命运信心满怀，遂公布了星象。

苏维托尼乌斯《神圣的奥古斯都传》92（亚历山大·汤姆逊译本）

哈德良，出生于1月24日（据称），属宝瓶座。因此，正如人们对一个拥有建筑嗜好并喜欢尝试穹顶的人所期待的那样，这个宝瓶座生人对技术充满了兴趣。那些与他出生日期相同的人据说都极其聪明（哈德良是博学之人），而且有些缺乏安全感（哈德良有个习惯，他会突然跟那些他认为可能背叛了自己的朋友翻脸）。由于他的生日与空气相匹配，哈德良总喜欢旅行——迄今为止，他的足迹已经遍及不列颠、非洲、小亚细亚和埃及。他的出生日期与精神能力和心理能力密切关联。

“是的，是的，”奥费拉喃喃道，“但他会在什么时候死去呢？”

好吧，巴尔比卢斯认为，让皇帝毙命的可能会是心力衰竭。现在，白羊座掌管头部，金牛座掌管颈部，天秤座掌管腹股沟，巨蟹座掌管胸部。心脏在胸腔里，巨蟹座的时段在6月21日到7月22日之间……所以，观察行星统治者木星的位置和太阳与宝瓶座对齐……

“7月。据我所知，皇帝将于7月的月中日（15日）或之前辞世。”

此后，哈德良离开（罗马）前往（海滨度假胜地）巴亚。安东尼（未来的皇帝）被留在罗马进行统治。但是哈德良的情况依然危急，所以他传召安东尼，并于7月月中日的前六天在他的面前死去。

《罗马君王传·哈德良传》2

夜晚的第四个小时

（22：00—23：00）

角斗士炫技

角斗士塞尔吉乌斯的生活很是美好，同时也非常简单。一位不太友善的同行曾经说过，塞尔吉乌斯的大脑主要是用来分开两只耳朵的，但这并不完全正确。只是，对于塞尔吉乌斯而言，生活主要就是格斗、私通和找人付账。

正如塞尔吉乌斯几乎从来不愁找不到心甘情愿的姘头一样，要让他卷入格斗一点也不难。他曾在角斗士学校接受过命悬寸间的训练（并且还认识几位已故的接受过这种训练的学员）。这所学校是一个冷酷无情的地方，在那里，角斗士教练可以任意棒打、鞭笞或烧灼那些交到他手上的人。与每个在学校注册的角斗士一样，塞尔吉乌斯也郑重许下了“角斗士誓言”：“uri，vinciri，verberari，ferroquenecari”（“我愿意接受烧灼、捆绑和殴打。我有可能被剑刺死”）。

这是一桩残酷的交易。训练不合格的学员甚至可能会与技高一筹的对手交锋，仅仅为了让对方练习杀戮。然而，即使他不再被迫这样做，塞尔吉乌斯仍然在那所学校接受训练。在那里，他会抓住机会训练，仿佛他就是以此为生，因为的确也是如此。

皇帝万岁

“皇帝万岁！赴死者向你致敬！”[1]在许多人看来，这句著名的问候语就是每一场角斗的开场白。但事实上并非如此。据我们所知，这一用语仅只使用过一次。当时，为了庆祝富辛湖（现已干涸）上公共工程的竣工，皇帝克劳狄一世特地举行了一场模拟海战（为了获得“模拟”海战的给定值——对参与者而言，这确实是一场非常真实的战事）。

聚集到一起的囚犯们用现在著名的“皇帝万岁，将死者向您致敬！”迎接克劳狄！对此，克劳狄一世含糊地回答道“*Aut non*”（“或许不会吧”）。不过，他后来确实赦免了许多幸存者。

然而，在这些本来就不是真正角斗士的战士这一次

1 原文为“Ave Caesar, moriaturi te salutant!”。——译者注

使用过之后，这句由将死者呼喊出来的著名的问候语显然再也没人使用过。

参见苏维托尼乌斯《神圣的克劳狄传》21

塞尔吉乌斯是受雇的角斗士。这意味着，大多数角斗士之所以格斗是因为别无选择，而塞尔吉乌斯成为角斗士是因为他想成为角斗士。塞尔吉乌斯当初被判到竞技场去格斗，是作为对劫匪的惩罚。5 年前，他因杀死了一个名声赫赫的

马赛克镶嵌画展示的角斗士操练场景

对手而在斗兽场一举成名。明智的是，他将从那场比赛中赚来的钱用于为自己赎身。他最引以为傲的财产是他的木剑，那柄他连同自由一起获得的木剑。这柄木剑证明他已经凭借勇敢洗清了自己的罪行。虽然塞尔吉乌斯永远不可能成为罗马公民，但罗马的美好生活他却唾手可得。

不管他有多么自由，一个训练有素、身高 6 英尺的垂直肌板仍然需要受人雇用。因此，塞尔吉乌斯继续作为鱼人角斗士（murmillo，着高卢铠甲和鱼形头盔的角斗士）在竞技场上格斗，一个全副武装的角斗士，手持军团盾牌，使用前臂长度的重型刺剑。尽管他格斗时身穿盔甲，但给他带来骄傲和喜悦的却是他的头盔，一个用色雷斯钢打造的宽檐物件，上面錾有金色纹饰。格斗时，网罩遮住了他的脸，头盔顶上有宽宽的顶饰，酷似鱼鳍，鱼人角斗士因之而得名。塞尔吉乌斯的顶饰雕上了这场比赛的场景，就是这场比赛为他赢得了声誉和自由。

到目前为止，塞尔吉乌斯今年只有过一次格斗，而且还输了。所幸，在所有角斗士格斗中大约只有五分之一是致命的。这场格斗是 4 月下旬谷神节的一部分，使用的是钝剑。角斗士毕竟是非常昂贵的投资，他们的主人（或者在塞尔吉乌斯来说，叫经纪人）不愿看到他们被杀死。然而，有皇帝为比赛提供赞助时，或是在隆冬的农神节上——在塞尔吉乌斯下次格斗时——情况就大不一样了。话说回来，要格斗就会有死亡。事实上，在比赛开始之前，塞尔吉乌斯和对手的剑都要一并交给农神节赛事的筹办人，让他亲自查验这些剑是否锋利到致命的程度。塞尔吉乌斯非常期待这次机会，因为这将是他与这位上次让他蒙羞的武装角斗士（希腊式）的再度交锋。

拇指朝下意味“幸免”？

诚然，罗马人用“拇指朝向”（pollice verso）来表示一个被打败的角斗士的命运。然而，这里并没有说明拇指朝向哪个方向。设想一下。一个在劫难逃的角斗士会抱住对手的膝盖来稳住自己，在对手对准颈部向下一击之下倒地身亡。

所以，握住一柄想象中的剑往下刺，注意你的拇指在哪里。它指向上方。现在，不要杀死你的对手，而要像罗马人那样把剑插回挂在你身体另一侧的刀鞘中（也就是说，如果你是右撇子，就把剑插回挂在你左臂部上的刀鞘中）。你的拇指朝下。

因此，拇指朝上可能表示“刺他”，拇指朝下就意味着“收剑”。

一年两场格斗不及全职角斗士通常格斗次数的一半。这或许就解释了为什么塞尔吉乌斯与大多数时人不同，能够活

到 30 多岁。虽然每场比赛他都能获得一笔可观的报酬，大约相当于一个熟练工匠一年的工资，但塞尔吉乌斯既有奢侈的品味，也有在战车比赛中押注蓝方的不幸嗜好（赌博在罗马被视为非法，但这几乎没有影响到塞尔吉乌斯，他上上下下都有朋友）。

任何一个角斗士都明白无力偿还赌债会发生什么，因为像许多同行一样，塞尔吉乌斯有一个赚钱的副业，那就是科学地打断违约债务人的手指、腿或膝盖（根据具体情况）。除了讨债，塞尔吉乌斯还为债权人提供满意的保镖服务。这些费用通常由富有的贵族们按小时支付，他们更希望借助保镖来炫耀自己的身价，而不仅仅为了保护自己免于实际的危险。然而，有些时候，如果幕后没有角斗士庞大的身影，一次秘密会议就有可能演变成暴力冲突，正如塞尔吉乌斯刚才把活干得如此差劲一样。

塞尔吉乌斯不知道他最近看守的那道门后面发生了什么。走私者的秘密会议、街头黑帮头目之间的谋反阴谋或地盘商谈……塞尔吉乌斯为所有这些活动维持秩序，他更关心的是他的薪酬，而不是事务的进程。把硬币稳妥地装进腰包后，他便匆匆赶赴下一份活计——西莲山上的一个贵族人家，那里的晚餐刚刚结束。

一个好的主人会以娱乐节目结束晚宴。也许是来自加的斯的浪荡舞女，或是一个漂亮女孩在竖琴伴奏下吟唱的卡图卢斯撩人心魄的诗句。一些主人更喜欢安排一些来自小亚细亚吕西亚的杂技表演，还有一些主人会安排一场真正的角斗士表演赛。今晚的格斗将使用木制的军团训练剑，所以不会死人，虽然可能发生骨折，瘀伤也在所难免。塞尔吉乌斯预计到了这桩赛事，故而已经将他的装备藏在了门客家里。

虽然他（阿利比乌斯）非常讨厌这种场景，但有一天，他碰巧遇见了一帮朋友和同学，他们刚吃完晚饭回来。他们不顾他又踢又叫，硬是把他生拉活扯拽进了竞技场，这一天上演的是一场残忍的杀戮表演。

他抗议道："你们可以把我人拽到这里坐着。但你们不能让我的眼睛或心思专注于这里的表演。我是人在心不在。"

要是他也把耳朵"闭"上就好了！格斗中倒下了一名角斗士，观众中爆发出的巨大的咆哮声强烈地震撼着他，使他好奇不已……他睁开眼睛，目睹到的一切给他心灵上带来的打击比受害者身体上受到的伤害更深……因为他一见到血，就会变得性情暴戾，他没有背过身去，而是两眼紧盯着那血腥的消遣。他以凶狠的比赛为乐，陶醉于嗜血的欲望之中。

奥古斯丁《忏悔录》6.8

塞尔吉乌斯系起宽大的皮带（镶有金属，用于保护腹部），戴上带衬垫的护臂，这将有助于保护他操剑的那只手臂免遭对手打击，对手是一个色雷斯风格的角斗士，他将使用一柄更轻的弯曲的剑，也是木质的。开赛前，两人叽里咕噜简短地交谈了一番，一致同意为他们的恩主提供一场大约15分钟的打斗表演，然后，让最优者胜出。

当角斗士从中庭招摇而行走向房屋后面一个由火炬照明并带有围墙的花园时，人们向他们欢呼致意。男主人和他的客人们坐在临时搭建的竞技场边的椅子上，塞尔吉乌斯注意到女主人迫不及待地坐到了前排，维斯塔贞女们在斗兽场观看更为惨烈的格斗时也是这样。奴隶们偷偷地从厨房的窗户里往外窥视，愤怒的厨师偶尔也会把他们赶回去准备和提供餐后佳肴和小吃。

攻击姿态的塞尔吉乌斯

色雷斯人身手敏捷，技艺高超。他在笨拙的塞尔吉乌斯周边手舞足蹈，将几记俏皮的重拳狠狠砸在对手珍贵的头盔上。

观众们根据自己的投注或欢呼或起哄；当塞尔吉乌斯的肾脏遭到致命一击的时候，他们不禁倒吸一口冷气。色雷斯人的弯曲的利剑一剑刺向塞尔吉乌斯的脸部，他随即示意格斗终止。在此之前，塞尔吉乌斯显然一直穷于招架，被动异常。他举盾拦截，这样对方刺来的剑就从他肩头划过。这一笨拙的招数正是色雷斯人求之不得的，因为他现在可以将弯曲的剑头扎进对手毫无防护的背部。

他还没来得及发起攻击，塞尔吉乌斯便已出手了。角斗士在最后一刻钟的时间里一直在蒙骗对手，让他产生一种虚妄的优越感，并在这一过程中变得十分恼火。就在色雷斯人准备刺杀的时候，塞尔吉乌斯手持盾牌朝上猛击。盾牌正面饰有美杜莎头像的青铜浮雕；尽管色雷斯人有头盔护栅的保护，当一个肌肉发达、体重 200 磅[1]的角斗士全力出击时，他的拳头依然能够所向披靡。色雷斯人一阵昏厥，摔倒在地；在观众的欢呼声中，塞尔吉乌斯一脚踩在对手的喉咙上，露出一副胜利者的姿态。

“你本不必那样的嘛。”色雷斯人事后抱怨道。他坐在临时更衣室里的凳子上，在鼻子前面来回晃动手指，查验是否发生了脑震荡。

“那你就不该老打我的头盔。”塞尔吉乌斯气呼呼地答道。一个女奴用刮身板刮去他身上的汗液，而塞尔吉乌斯也

1 1 磅约折合 0.45 千克。——译者注

由此获取了报偿。角斗士在格斗中流出的汗液是女性护肤油脂和化妆品中非常珍贵的成分，就像罗马新郎在婚礼上有时会用涂有被杀死的角斗士的血的矛头为新娘的头发分缝一样。这都是角斗士的神秘之所在。

刮身板

罗马人并不相信，坐在浴缸里打上肥皂是正确的洁身途径。事实上，人们确实坐到一只大浴缸里，最好还有朋友陪伴，但锻炼的目的是完全打开皮肤上的毛孔。

此时，你走出浴缸，在身上适当涂上些香油。然后，浸泡几分钟后，将油脂从皮肤上刮下来，这样就把任何污垢、死皮或其他不洁净的东西一起统统清除掉了。

这种刮具叫刮身板，是一种钝而弯曲的铜质刀片，可以由身体的主人自己操作，但理想的情况下，还是交由仆人或漂亮的奴隶使用。后世有许多保存完好的刮身板，因为清洗和净化的内涵意味着它们常常象征性地成了死者的殉葬品。

稍后，塞尔吉乌斯会思考这个问题。他穿上干净的束腰外衣，朝着西莲山的更高处进发，去完成晚上的最后一项工

作。一份绝非不愉快的差事正等待着他。厄皮亚夫人厌倦了独自睡觉，而她的贵族丈夫陪同道遥皇帝哈德良一行游历海外去了。丈夫意识到妻子可能出轨，便派人守在她门口。然而，正如诗人尤维纳利斯所言："我的老朋友们总在告诫：'把门闩好，把你妻子留在门后。'的确如此，但是又让谁来看住这些看守呢？"

为了丰厚的报酬，塞尔吉乌斯将与这位夫人共度良宵。他想知道的是，究竟她看上了自己身上的什么而心甘情愿成为"角斗士的菜"？他相貌怪异，伤痕累累，他的头盔在额头上留下了一道永久的伤疤。旧伤之后，一只眼睛总在流泪，手臂上也一直在流脓。

不过，尤维纳利斯也指出："他是一名角斗士！正因于此，她才会放弃孩子和家人。这些女人喜欢的是剑！"[1]

赫耳墨斯在格斗竞技中广受赞誉
赫耳墨斯精通各式兵器，
赫耳墨斯是角斗士；角斗士大师。

赫耳墨斯令整个群体惊恐又敬畏！
…………

---

1 均出自 Juvenal *Satire* 6.347.

赫耳墨斯是女角们关心和焦虑的对象，
赫耳墨斯手执长矛，勇武而豪迈。

赫耳墨斯手中的尼普顿三叉戟寒气逼人，
赫耳墨斯戴着他的遮面头盔，阴森恐怖。
赫耳墨斯，尽展战神之荣耀，
万物集于一身，他以一当三。

马提雅尔《隽语》5.24

夜晚的第五个小时
（23：00—00：00）

食客归来

是的，我四下打探，希望受邀与您共进晚餐，
我为此感到尴尬，
不过，马克西姆斯，我仍在四下打探。

马提雅尔《隽语》2.18

天色已晚。食客返家之时已是月落屋顶，他一只胳膊下夹着一包餐服，另一只胳膊下夹着鼓鼓囊囊用餐巾包裹起来的一大包零食、面包卷和各式各样的珍馐美馔，好似一袋战利品一般。他们称他为“蹭饭的塞琉斯”，主人家的佳肴美酒使他如沐春风，塞琉斯也不知道这是否真的构成一种侮辱。

好吧，他就是一个蹭客，也就是希腊语中的parasitos，意即“餐友”。晚宴上的其他人确实瞧不起他，因为他很像餐间的长笛女孩和餐后的角斗士，根本算不上餐桌上的客人，至多只是一个逗乐的角色。没人会邀请一个索然无趣的食客吃饭；塞琉斯必须表现得机智诙谐，会讲优雅的笑话，能引用晦涩的诗歌，方可赚得饭局。他必须以其特有的风格和独出心裁的表现使在座的其他人相形见绌，而且这一切还必须表现得毫不做作、自然而然。

这难道不是一项技艺吗？一种职业吗？想想看，塞琉斯一边走一边琢磨，一个水手未经训练会有怎样的命运？他会淹死。一个士兵不擅兵器很快就会被杀死。一个缺乏技能和训练的艺术家、雕塑家是找不到客户的。他会因失业而死亡。蹭客也不例外——如果他不靠能言善辩混到饭吃，他就要挨饿。

事实上，与画家或诗人相比，食客在艺术上造诣更深。诗人可能数天或数周都写不出一句像样的警句，画家可能会让他的艺术荒废于对佣金的锱铢必较。然而，如果塞琉斯的把戏玩不到出类拔萃的程度，并通过每晚对艺术的磨砺来提高技巧，如果每天不去施展这种才能，他的艺术就会消亡，而他自己也会随之消亡。话虽如此，塞琉斯还是不得不承认——内心不无畏缩地——今晚不是他最佳的时刻。

诅咒那个马尼杜斯，还有他那邪恶的幽默感！塞琉斯称马尼杜斯为“朋友”，因为他之前曾与此人共进晚餐，也曾出席过他的晚宴。正如作家琉善所言[1]：

> 好吧，你不会邀请一个敌人、一个陌生人，甚至一个偶然相识的人共进晚餐。他必须是你的朋友，你可以在他的面前掰饼吃饭，向他吐露你的秘密。
>
> 如果你从没听人说过“朋友？如果他从未和我们一起吃过饭或喝过酒，他怎么能称自己为朋友呢？”，我知道我听人说过。
>
> 只有和你一起吃过饭的人才值得信赖。（琉善《食客》22）

前一天下午，塞琉斯在图拉真浴场与同伴交谈时偶然遇见了马尼杜斯。“昔兰尼”这个词一出现，塞琉斯便一跃而起。

“昔兰尼？一个宏伟而充满异国情调的地方！你去过吗？关于那座伟大的城市，要了解的太多太多，要讲述的也太多太多。啊，非洲，非洲总是有新东西[2]。新的东西总都来自那里。关于昔兰尼这尚待了解的一切，定会令你惊异不已。”

马尼杜斯对这一番狂言很有兴趣，第二天便立即邀请塞

1 向萨莫萨塔的琉善（公元 125–180 年）道歉，他的律师无疑正在磨砺笔锋以提交针对塞琉斯的版权保护令，因为后者大部分不着边际的高谈阔论都是直接从琉善的《食客》中摘引的。同样，塞琉斯与街头暴徒的遭遇和对话几乎完全出自尤维纳利斯的第三首《讽刺诗》。

2 原文为“ex Africa aliquid semper novi”，老普林尼语。——译者注

琉斯共进晚餐，这样，“你就可以把这一切都告诉我们了”。喜出望外的塞琉斯立刻接受了邀请，然后尽快体面地离开了图拉真浴场，朝着埃斯奎里山脚下的图拉真图书馆飞奔而去；在那里，他可以尽可能多地了解到昔兰尼的情况。因为，事实上，塞琉斯几乎就从未走出过罗马城。乡间的空气让他染上了花粉热。

如果察觉到必须在家吃饭的威胁，
塞琉斯就会不遗余力。
他将从一个地标赶往另一个地标，
不仅是罗马的市政大楼和庙宇，
甚至也会是肮脏破败的澡堂。
绝望之余，他在公共浴场中沐浴三次。
徒劳，他又冲回他出发的地方欧罗巴柱廊。
也许在那里他会碰到一个出门很晚的熟人。
看在老天的份上，朱庇特的公牛，你就不驮塞琉斯去吃饭吗？

马提雅尔《隽语》2.14

晚餐开局良好。论及说笑话或对厨师才干的敏锐鉴赏，谁能与他相提并论？又有谁能像他那样，以一种恰当的观

察、机智的恭维或自嘲式的幽默让他的餐友们放松的呢？他就是这么做的。正如他们所说，对于大多数职业从事者来说，他们享乐的时间一月里有两到三次；对职业蹭客而言，每天晚间都有一场盛宴。

当马尼杜斯叠好餐巾，天真地问起昔兰尼时，问题便随着甜饼一同出现了。塞琉斯立刻将自己的功课和盘托出。

“关于那次危险的航行，”他开始慷慨陈词起来，“我是从奥斯蒂亚乘船出发点的。”

顿时，坐在上座沙发上的那个叙利亚大胡子绅士表现出了兴趣。“真的吗？”他问，“什么船？大部分对昔兰尼的贸易都要途经普埃托利（Puetoli）。如果有人从奥斯蒂亚起航，我倒很想会会他。”

事情就此急转直下。很快人们就发现，这个叙利亚人是一名香料商，他对昔兰尼和东地中海了如指掌，如同塞琉斯熟悉通往自己家厕所的路一样。商人不时地轻声地纠正他，马尼杜斯在一旁不禁用餐巾轻轻揩了一下嘴唇以掩饰自己的笑容。塞琉斯一回想起来，心里就直扑腾。“成群的羱羊（ibex）飞向夕阳？你说的恐怕是朱鹮（ibis）吧？羱羊可是一种羚羊[1]，这不太符合空气动力学原理。”

“你的餐食是用罗盘草调味的吧？他们又重新找到了这种植物，真是太棒了！大家都以为它已经灭绝一百年了。你

---

1 羱羊和羚羊都是牛科动物，但羱羊属于羊亚科，羚羊属于羚羊亚科。——译者注

马赛克镶嵌画上奴隶侍奉食客的场景

是在港口附近的廷蒂托斯（Tingitus）酒馆吃到的？这是个好消息。我听说它在几年前就被烧毁了。听说它又获重生，我真的非常高兴。”

到目前为止，塞琉斯很清楚，香料商已经察觉到他就是一个大骗子，但马尼杜斯仍在对一些细节穷追不舍。“那么，你昨天还告诉我们，你真的见过著名的独脚人？这些奇特的独脚人真的是仰面躺在正午的阳光下，用他们的一只大脚板来做遮阳伞吗？……哦，天哪，看来我这位朋友的咳嗽又发作了。让我先来照顾照顾他，尔后再听你娓娓道来。”

（在埃塞俄比亚）有一个叫作“独脚人”的部落，他们真的只有一条腿。他们以惊人的速度蹦来蹦去。这个种族的人也被称为伞脚人（Sciapodes），因为在更炎热

的天气里，他们仰面躺在地上，用脚为自己遮阳。

老普林尼《博物志》7.23

折磨。就是如此，纯粹而简单的折磨。事实上，在他离去的当儿，另有一位客人同情地说，看到角斗士在餐后格斗表演中头部受到重击都远没有这般痛苦。塞琉斯实在听不下去。下次马尼杜斯请他吃饭，他就不会去了。

难道他不明白，一个有钱人，即使他拥有克洛伊索斯所有的金子，如果他仍然孤零零一个人吃饭，不也还是穷人吗？又有谁会来恭维他家具的丰富、他晚宴厅的奢华、他侍从的俊美呢？一个没有武器的士兵、一匹不带饰物的马匹，与一个没有食客陪餐的有钱人不无二致。这样的场景是何等的可怜、何等的寒酸啊！不，食客需要恩主，但恩主更需要食客。宁肯吃饭无盐，也不能少了食客的魅力和机智伴餐。

没人盘诘有关昔兰尼的琐事时，食客是一个开心快乐、无忧无虑的人儿。他没有厨师来惹他生气，也不需为乡下农场的工头和收成闹心。他是一个人就餐，只管自己吃好喝好，从来不用担心别人躲不掉、避不开。想想今晚宴会上厨师和女主人之间明显的紧张关系吧。如果你是主人，而厨师让你失望了，你要么就得忍受他的闷闷不乐，要么就胡乱打发使你兴致索然，以图相安无事。这可不是塞琉斯，他每天晚上都在品尝不同厨师的手艺。因此，塞琉斯想，我就报你马尼杜斯以放肆之指[1]吧。我才不需要这个呢。

塞琉斯正要离开马尼杜斯家，妻子（毫无避讳之意地）对丈夫嘀咕道："这简直是一场灾难。下次，邀请一个哲学家吧。"

你不愿意去参加这次晚宴，
或许你会这么说，克拉希克斯
如果你不是在撒谎，就绞死我吧！

阿比修斯（罗马主厨）很高兴能外出就餐，
他一在家里吃饭就痛苦难当。
所以如果你不愿意去，克拉希克斯，
那你为什么还要去呢？

"我非去不可啊。"你说。
当然是啦，就像塞琉斯非去不可一样。

现在梅莉奥尔已经邀请你出席盛宴，
你那漂亮的声辩都哪儿去了呢？
把你的胃搁到你的嘴巴子上，

---

1 digitus impudicus，即竖起中指表示轻蔑和鄙视的猥亵手势。——译者注

拒绝吧。

马提雅尔《隽语》2.69

当然，塞琉斯认为，这是可行的。你想找谁伴餐呢，一个努力成为派对上灵魂人物的人呢，还是一个骨子里不带一丝笑意的人，只是穿着一件破旧的斗篷坐在那里，眼睛直勾勾盯着地面，仿佛参加的是葬礼而不是晚宴一样？也许母龙正在考虑邀请一位享乐主义者——毕竟，伊壁鸠鲁的追随者都将幸福视为至善，而美酒佳肴则可以极大地激发这种感觉。

依塞琉斯个人所见，要说幸福，伊壁鸠鲁的信徒已经从食客那里有所斩获。塞琉斯沉浸在沉思之中，迷迷糊糊略带几分醉意，待他行至韦利亚山（Velia），便不假思索地向右一拐，朝着他位于维米那勒山脚的房间走去。

他喃喃自语："哲学家们渴望幸福，这纯粹是盗窃。我的意思是，当你说到幸福的时候，幸福到底是什么？我认为幸福是身体中一个与自身和平相处的宁静的灵魂。谁拥有呢？是不是那个不断探询地球形状、太空是否漫无边际以及太阳大小的人？我是努力解决天体的距离、元素的性质、诸神存在与否这样的问题呢，还是与同行争论不休？那就是你们的哲学家。我一旦安排好了下一顿晚餐，就确信自己生活在了一个最为理想的世界里。一旦我的肠胃得到了满足，我就能够脚下生风，手到擒来。哲学家，哈哈！他们在体面的餐厅里没有立足之地。”

塞琉斯只顾自己内心里的谩骂，无意间径直走进了一群与他反其道而行之的年轻人中间。那里发生了一起暴力冲突，继而是不可避免的相互指责。看着这些愤怒的面孔，塞琉斯意识到自己摊上麻烦了。这伙年轻人刚刚参加过一场聚会，他明白这帮家伙不胡闹一通是不会睡觉去的。当他面临所有的打击，当他们大打出手的时候，你还会把这称为胡闹吗？

“谁吃了豆子把你从他屁眼子里轰出来的？”其中一个土鳖咄咄逼人地走上前来，问道。他看见塞琉斯腋下夹着餐服，便哈哈大笑起来。“你和哪个鞋匠一起大嚼剁韭菜和炖羊头，嘿？回答我，或者把那个放你小腿上！”

塞琉斯又吓了一大跳。到现在为止，他一直在祈望，但愿回到家里时还能剩下几颗牙齿。“喂，孩子们……，”他奉承道，然后又瞄了瞄那几个朝他贴拢过来的巨大而模糊的身影。在你需要夜警的当儿，他们都上哪儿去了呢？

塞琉斯当机立断，扔掉他那个从聚会上打包回来的餐巾包，然后沿着街道飞奔，拖鞋在石板上啪啪作响。他很快消失在了黑暗中，随之而来的是嘲弄的笑声和辱骂的喊叫声，但令他甚感欣慰的是，无人死死跟着他。

年轻人大声嚷着朝广场走去，这里终于恢复了宁静。万籁俱寂，一只流浪猫从黑暗中窜了出来，打量一番掉落在路上的食物，然后悄悄地吃了起来。在此刻寂静的街道上方，星星在午夜漆黑的天空中闪烁着。城市已经睡去，斗转星移，罗马又开启了新的一天。

图片信息

第008页：罗马消防车模型，Mary Evans Picture Library

第022页：马赛克镶嵌画上的轻型两轮载货木车，MuseoPics - Paul Williams / Alamy

第027页：庞贝面包坊，photo Jeremy Day

第045页：女主人从女奴捧着的首饰盒中挑选珠宝，Werner Forman / Universal Images Group / Getty Images

第051页：罗马浮雕上的产后场景，Mary Evans Picture Library

第059页：慢邮——公共邮驿马车，Johann Jaritz / Creative Commons CC-bySA-3.0

第069页：身着正装的罗马学生，photo Philip Matyszak, from the Vatican Museum

第080页：游行队伍中的罗马议员，DEA / G Dagli Orti / Getty Images

第093页：维斯塔贞女浅浮雕，Art Media / Print Collector / Getty Images

第103页：庞贝廊柱大厅，martin951 / Shutterstock.com

第115页：女孩在玩羊拐，Carole Raddato / Creative CommonsCC-by-SA-2.0

第127页：石匠与他的工具，Azoor Photo / Alamy

第140页：身着希腊服饰、头戴花环的舞女，J. Paul Getty Museum / Gift of Barbara and Lawrence Fleischman

第145页：罗马水钟设计图，Nicku / Shutterstock.com

第157页：浴室内饰，Photo Jeremy Day

第167页：罗马餐具柜，illustration from The Private Life of the Romans by Harold W.Johnston; Scott, Foresman and Co., Chicago 1903

第169页：罗马女人，DEA / De Agostini / Getty Images

第182页：罗马洗衣坊，photo Jeremy Day

第188页：在集市摊位上购买野兔，Museo Ostiense, Ostia Antica,Rome

第200页：女祭司雕像，photo Jeremy Day

第211页：香料在运输途中，DEA / G. Dagli Orti / Getty Images

第223页：妓女，Pecold / Shutterstock.com

第225页：罗马情色油灯，Anagoria / Creative Commons

CCby-3.0

第235页：摩羯座，woodcut from Quaestio Virgiliana by Francisci Campani, 1540

第244页：马赛克镶嵌画展示的角斗士操练场景，Leemage / Corbis via Getty Images

第249页：攻击姿态的塞尔吉乌斯，Granger / REX / Shutterstock

第259页：马赛克镶嵌画上奴隶侍奉食客的场景，The Bardo National Museum, Tunis

参考文献

作者查阅的主要文献

Adkins, L & Adkins, R. *Handbook to Life in Ancient Rome* 1998

Dudley, D. *Urbs Roma* 1967

Crook, J. *Law and Life of Rome* 1967

Gaius, (E.Post trans.) *The Institutes of Roman Law* 2017

Joshel, S. Work, *Identity, and Legal Status at Rome: a Study of the Occupational Inscriptions* 1992

McGinn, T. *The economy of prostitution in the Roman world: a study of social history & the brothel* 2004

Nippel, W. '*Policing Rome*', *Journal of Roman Studies* 74 (1984) 20–29

Platner, S. A *Topographical Dictionary of Ancient Rome* 2015

Potter, D. and Mattingly, *D. (eds) Life, Death, and Entertainment in the Roman Empire* 1999

Rainbird, J. '*The fire stations of imperial Rome*', *Papers of the British School at Rome* 41 (1986) 147–169.

Rich. A. *Dictionary of Roman and Greek Antiquities* 1860

Rawson, B. (ed.) *Marriage, Divorce and Children in Ancient Rome* 1991

Treggiari, S. *Roman Social History* 2002

Veyne, P. (B. Pearce trans.) B*read and Circuses: Historical Sociology and Political Pluralism* 1990

拓展阅读建议

Casson, L. *Everyday Life in Ancient Rome* 1999

Coletta, G. *Rome: Reconstructed* 2007

Edwards, C. & Woolf, G., (eds) *Rome the Cosmopolis* 2003

Harvey, B. *Roman Lives, Corrected Edition: Ancient Roman Life Illustrated by Latin Inscriptions* 2015

Matyszak, P. *Ancient Rome on 5 Denarii a Day* 2006

Stambaugh, J. *The Ancient Roman City* 1988